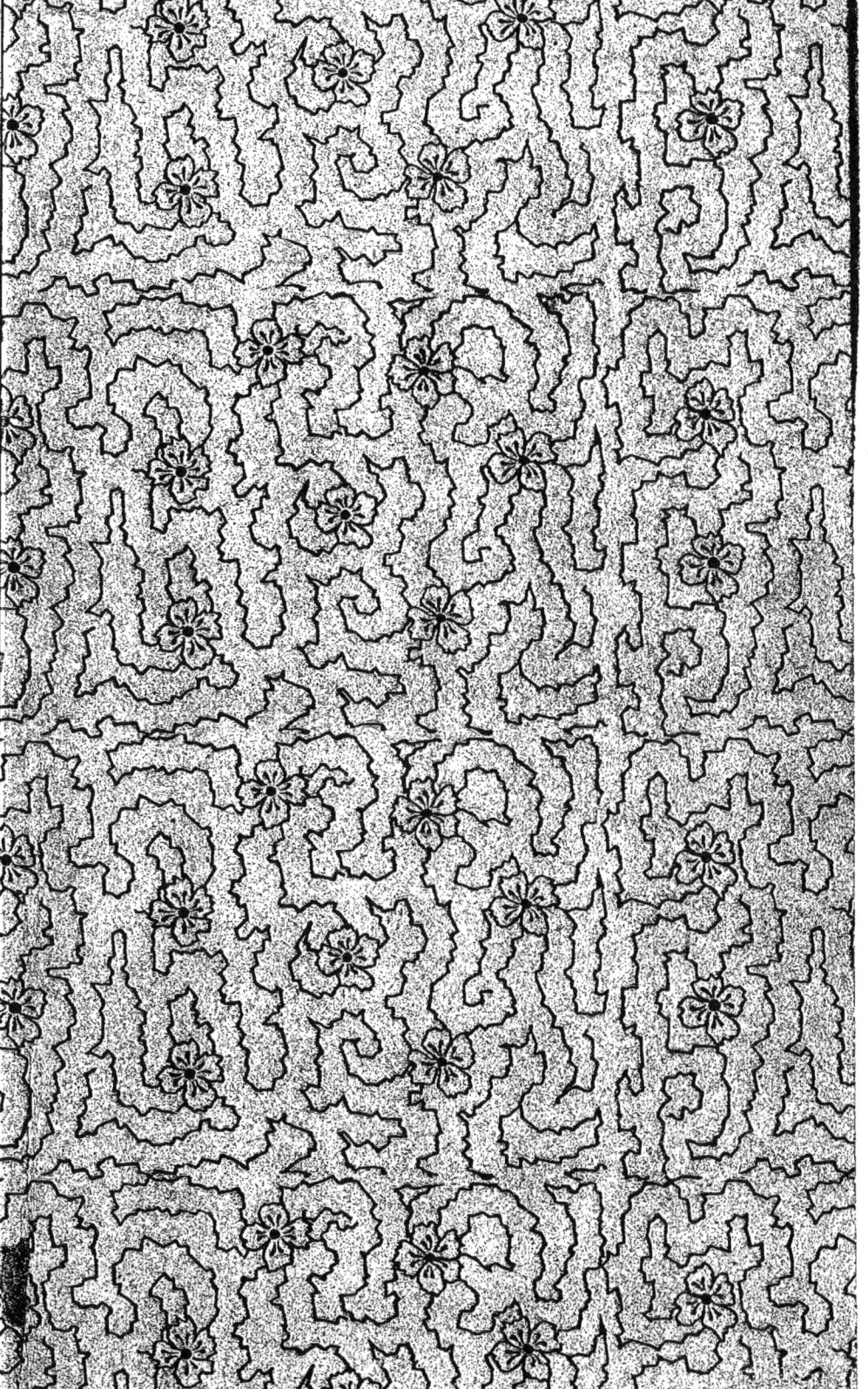

E. BERCHON

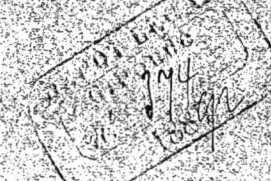

LE BARON DE CAILA

ARCHÉOLOGUE GIRONDIN

(1744-1834)

Extrait des Actes de l'Académie des Sciences, Belles-Lettres
et Arts de Bordeaux.

BORDEAUX

IMPRIMERIE G. GOUNOUILHOU

11, — RUE GUIRAUDE, — 11

1892

E. BERCHON

LE BARON DE CAILA

ARCHÉOLOGUE GIRONDIN

(1744-1851)

Extrait des *Actes de l'Académie des Sciences, Belles-Lettres et Arts de Bordeaux*.

BORDEAUX

IMPRIMERIE G. GOUNOUILHOU

11, — RUE GUIRAUDE, — 11

1892

27
96

LE BARON DE CAILA

ARCHÉOLOGUE GIRONDIN

(1744-1831)

Je me suis occupé déjà de ce savant antiquaire, membre distingué de l'Académie des Sciences, Belles-Lettres et Arts de Bordeaux, à l'occasion de deux de ses mémoires inédits, écrits en 1806 et 1813, sur les premières haches de bronze trouvées dans le sol de la Gironde, à Pauillac [1], et sur une statuette en argent découverte dans un puits des cloîtres de la cathédrale Saint-André de Bordeaux [2].

La précision de ces mémoires, rencontrés inopinément en poursuivant d'autres recherches, m'avait frappé. J'avais été surpris, d'autre part, de voir que ces travaux ne paraissaient avoir attiré l'attention de personne, même des grands archéologues girondins contemporains de l'auteur : Jouannet et Lacour. Le nom du baron de Caila était le plus souvent mal orthographié dans les rares citations qui en rappelaient la mémoire [3]. Il n'en fallait pas davantage pour m'engager à tenter de réparer un

[1] *L'Age du bronze en Gironde* (*Actes de la Société Archéologique de Bordeaux*, t. XIV, p. 17).

[2] *La Statuette d'argent trouvée à Bordeaux et conservée à la Bibliothèque nationale de Paris comme représentant Sophocle* (*Actes de la Société Archéologique*, t. XIII, p. 83).

[3] Il est, en effet, écrit : Cayla, du Caila, Cheyla, Queyla et Quayla dans plusieurs ouvrages et documents anciens ou modernes, même officiels.

oubli si peu justifiable, et ma présente étude est le
résultat d'investigations dont la longueur et les incidents
ne doivent plus entrer en ligne de compte, puisque j'ai
été assez heureux pour recueillir tous les renseignements
désirables sur l'histoire que je voulais écrire, et même
assez favorisé pour trouver le portrait authentique de
mon héros.

I

Il est bien entendu que j'ai eu des guides dans ces
recherches. On n'invente pas le passé. Des indices sont
nécessaires pour venir en aide à cette faculté, si prisée
des Américains du Nord, le *prospect,* c'est-à-dire ce flair
qui, seul, fait entrevoir le but et discerner quelles sont
les meilleures voies pour y parvenir, malgré les obstacles
de la route.

Et je me plais à dire, dès ce moment, que le premier
renseignement important me fut fourni par MM. Dezeimeris et Céleste, bibliothécaires de la Ville de Bordeaux
et mes collègues à l'Académie, qui, avec leur obligeance
bien connue, me mirent en main un registre contenant
plusieurs travaux manuscrits du baron de Caila, sachant
que ce registre renfermait une note sur les instruments
de l'âge du bronze, qui étaient alors l'objet de mes
recherches prolongées.

Je reviendrai, nécessairement, sur ces manuscrits, qui
ne me fournissaient, du reste, aucune indication sur leur
auteur, et je ne donnerai point à mon lecteur l'ennui de
l'historique de mon cheminement à partir de ce point
de départ. Ce serait retracer des incidents que connais-
sent tous ceux qui, férus de l'amour des recherches

scientifiques, ne sont satisfaits qu'après les avoir pour-suivies jusqu'au résultat désiré.

Or, à ce moment, je n'avais absolument d'autres données que celles fournies par la *Table méthodique et historique de l'Académie de Bordeaux*, publiée en 1879, d'après le travail de M. de Gères, et dans laquelle on lisait, page 196, sur la liste des anciens académiciens :

« 1796. Le baron Pierre de Caila, ancien magistrat, anti-quaire, collectionneur. »

Le remarquable volume de *Biographie* de la *Statistique générale de la Gironde*, dû à M. Ed. Feret, en 1889, n'avait point encore paru. Et, il faut bien le dire, il est plus que probable que, sans ce très utile ouvrage, la personnalité de M. de Caila (comme celle de beaucoup d'autres Girondins) serait restée ignorée, leurs travaux se trouvant véritablement enfouis dans des collections qui ne sont trop souvent que lettres-mortes, même pour la plus grande partie du monde savant (¹).

La liste donnée dans cette *Biographie* est toutefois incomplète. Nous le montrerons plus loin. Elle ne nous servit pas, dans nos premières recherches, qui eurent pour objectif les registres manuscrits de l'Académie de Bordeaux, registres dans lesquels je retrouvais, pour ainsi dire, à chaque page, pendant de nombreuses années, les preuves irrécusables de l'activité intellec-tuelle de M. de Caila.

(¹) La publication considérable de MM. Robert de Lasteyrie et Eugène Lefèvre-Pontalis, sur la *Bibliographie des travaux historiques et archéologiques publiés par les Sociétés savantes de la France* (Paris, Impri-merie nationale, 1887), est appelée à rendre, sous ce rapport, d'immenses services aux chercheurs. Je la signale à l'attention de tous ceux qui ont souffert de l'absence d'un guide dans leurs recherches.

Je consultai, en même temps, tous les ouvrages et toutes les publications du commencement du XIXe siècle. Je recueillis des détails précieux, et je parvins enfin à pouvoir constater *de visu* que plusieurs des travaux de mon auteur étaient conservés au château qu'il avait habité durant les dernières années de sa vie, et que son portrait s'y trouvait aussi, entouré des meilleurs soins par ses héritiers, MM. de Galard.

Ces derniers me prêtèrent, en outre, leur concours avec la plus grande courtoisie, et c'est grâce à toutes ces circonstances heureuses, et bien rares, que j'ai pu mener à bon terme la tâche que j'avais entreprise de rappeler tous les titres du baron de Caila à une juste célébrité.

II

BIOGRAPHIE DE M. DE CAILA

Pierre-Martin de Caila était né à Bordeaux le 15 octobre 1744, dans la paroisse de Saint-Michel, ainsi que le constate un extrait des registres des baptêmes, mariages et sépultures de la paroisse Saint-André, déposés aux Archives départementales de la Gironde [1].

Il appartenait à une famille ancienne et des plus honorables, sur laquelle je puis donner les renseignements les plus complets, grâce à l'obligeance extrême de M. le marquis de Galard-Magnas, qui a bien voulu rechercher, analyser et résumer pour moi les actes authentiques et les manuscrits, conservés dans les

[1] Une copie de l'acte de naissance, certifié conforme et en date du 27 septembre 1809, existe au château de Caila, près Rions (Gironde).

archives de la maison de son parent, M. le comte Hector de Galard-Saldebru.

La tâche était longue et difficile, au milieu de papiers sans nombre. Il fallait choisir dans un véritable entassement de notes, de documents copiés, de renseignements provenant de toutes sources, et j'ajoute, en toute sincérité, que cette revue et cette sélection ont été faites de manière à mettre en plein relief les aptitudes et les habitudes d'un esprit passionné pour les questions d'histoire, d'art et d'archéologie. J'aurai soin de le faire remarquer, plusieurs fois, dans les pages suivantes consacrées :

1° A la généalogie du baron de Caila ;

2° A sa biographie proprement dite ;

3° Aux collections qu'il avait formées.

Deux chapitres particuliers seront réservés ensuite :

1° A l'étude des travaux qu'il avait publiés ou entrepris ;

2° A certains incidents d'une vie qui fut longue et bien remplie.

A. — *Généalogie.*

Un document, transcrit par M. de Galard-Magnas, fournit sur cette première question des données détaillées qui ne laissent rien à désirer. Il est, du reste, tout entier, de la main de M. de Caila et rédigé avec cette précision qui était l'une des principales qualités de toutes les recherches qui émanaient de lui.

« Mes auteurs (dit-il) ont signé, les uns Cayla, les autres Caila. Christophe et Jean de Caila, mon père et aïeul, ont signé Caila. Feu mes frères, mon frère Alexandre, son fils et moi signons de même : Caila.

» Je croirais que ma famille était originaire du bourg appelé *le Caila*, situé dans le ci-devant Lauraguais, mais je ne sais si ma famille a donné ou reçu son nom de ce bourg.

» Le premier du nom que je trouve dans le peu de papiers que j'ai dans les mains était André Caila, mon bisaïeul, premier consul, en 1640, de Nailloux, en Lauraguais, aujourd'hui chef-lieu d'arrondissement de ce nom. Il devait être depuis longtemps domicilié dans ce bourg, lui et ses auteurs, puisqu'il en occupait la première magistrature.

» Son nom de Caila, en qualité de premier consul, était gravé sur la porte du port de Nailloux, vers l'Occident, et il y a subsisté jusqu'à la Révolution, époque où on la détruisit.

» André Caila se maria avec Anne de Porquier, d'une bonne famille du Lauraguais, alliée aux Luppé, Escornebœuf et Gavarret.

» Il fut père de Jean de Caila, qui tenait à Nailloux un certain état ; fit en gros, à Toulouse, le commerce de la draperie (qui ne comportait pas la dérogeance), et était seigneur de Nailloux.

» Il se maria, en 1694, avec Gabrielle de Claparède, de la ville de Montpellier, tante de M. de Claparède, ministre calviniste, dont Voltaire parle dans ses lettres, et dont la famille subsiste encore d'une manière honorable à Genève. Le général comte de Claparède appartient à cette famille.

» Jean Caila acquit les fiefs d'Enjouton, Soucale, et la seigneurie de Nailloux. Cette dernière en 1696.

» Le 2 mai 1698, Jean de Caila obtint un brevet (conservé au château de Caila) qui lui octroyait le droit de porter les armoiries suivantes :

» *D'azur au chien (ou lévrier) passant, d'argent, fixant un soleil d'or, au chef de gueules chargé de trois étoiles d'or mises en fasce* ([1]).

» Ce fait est relaté dans une lettre écrite par Christophe de Caila (fils de Jean) au prince de Beauvau, le 26 septembre 1772 ([2]).

([1]) Brevet délivré à Paris par Ch. d'Hozier, garde de l'armorial général de France.

([2]) Archives du château de Caila.

» Jean de Caila mourut en 1724 et fut enseveli aux Corde-liers de Toulouse, où sa sépulture se voyait encore en 1820. Il laissa cinq enfants, dont une fille, Isabeau de Caila, dame de Nailloux, décédée non mariée à Nailloux, le 23 janvier 1782, âgée de soixante-seize ans, et quatre garçons, dont voici l'histoire.

» L'aîné, Alexandre de Caila, avocat au parlement de Tou-louse, fut porté pour le Capitoulat. Il se maria avec R. d'En-traigues. Cette branche est tombée en quenouille.

» Le second épousa N. La Case, de Nailloux, et eut trois garçons et une fille, tous morts sans postérité.

» Le troisième, Fulcran de Caila, fut prieur de Bajon, au diocèse de Rieux, et il y mourut le 21 octobre 1782, âgé de quatre-vingt-quatre ans ([1]).

» Le quatrième, Christophe de Caila, seigneur de Nailloux, né le 8 juillet 1702, se fixa à Bordeaux, où il devint jurat de la ville. Il était conseiller-secrétaire du Roy, maison et couronne de France par lettres de provisions du 27 juin 1760, datées de Versailles, en place de Pierre Desclaux; contrôleur de la chan-cellerie près la cour des Aydes de Guyenne; consul de la cour de la Bourse de Bordeaux; administrateur de l'hôpital général, de la Manufacture, etc. Il avait épousé dame Louise Lebon (ou Libon), morte en 1806, à quatre-vingt-six ans, fille de Louis Lebon et de Jacquette Duruau, qui tenait de son père la terre de Fadia, près Rions (Gironde) ([2]).

» Christophe de Caila mourut à Bordeaux à soixante-douze ans et fut enterré dans l'église Saint-Éloi, le 8 janvier 1775 ([3]).

» Du mariage de Christophe de Caila avec Louise Lebon sont provenus cinq garçons et trois filles :

» Jean Fulcran, l'aîné, mourut en avril 1766, à vingt et un ans, non marié, à Bordeaux, chez ses parents.

» Le second, gendarme de la garde du Roy, mourut le 16 juin 1810, à Saint-Pierre (île d'Oléron), où il était pensionnaire, à raison du triste état de sa santé. Il se nommait Christophe Bruno de Caila.

([1]) Son portrait, en costume ecclésiastique, est conservé au château de Caila.

([2]) Cette terre est devenue majorat sous le nom de Caila.

([3]) Deux de ses portraits sont encore au château de Caila; l'un le repré-sente en grand costume de jurat, avec robe et rabat.

» Le troisième, ancien garde du corps du Roy, né en 1750, mourut le 25 août 1794, à quarante-trois ans, dans la ville de Neuwied-sur-le-Rhin, où il avait émigré avec son corps. Valentin de Caila ne laissa qu'un fils, qui entra dans la Compagnie de Jésus.

» Jean-Fulcran-Alexandre de Caila habitait Nailloux et Toulouse. Il n'a eu qu'un fils unique, Raimond-Louis-Alexandre-Marie, cy-devant mousquetaire gris, premier lieutenant dans le 6e de dragons, enfin lieutenant dans la gendarmerie royale, à Rennes, chevalier de la Légion d'honneur. Il a épousé Mlle Serrurier, nièce du maréchal-comte Pérignon, gouverneur de Paris, et n'a eu que des filles, mortes jeunes.

» Enfin, Pierre-Martin, baron de Caila, ancien avocat général à la cour des Aydes de Bordeaux, non marié, né le 15 octobre 1744.

» Les filles de Christophe de Caila et de Louise Lebon furent mesdames :

» 1º Élizabeth-Rosalie de Caila, veuve de Pierre de Ganduque de Lamotte, ancien lieutenant de cavalerie, mère de madame la vicomtesse de Galard-Saldebru, héritière des biens et du majorat du baron de Caila, qui appartiennent encore à son fils, le comte de Galard-Saldebru, habitant le château de Caila (¹);

» 2º Élizabeth-Victoire de Ménoire, qui fut mère de mesdames de Raquine, de Fenwick, et de M. de Ménoire;

» 3º Enfin, Élizabeth-Julie de La Fargue, mère de mesdames Lavau, Abiet et Delbos. »

Une lettre de convocation conservée au château de Caila porte, en outre, que Pierre de Caila avait été appelé à siéger dans l'assemblée de la noblesse, le 1er juillet 1789, comme gentilhomme, ainsi que sa sœur, madame de Ménoire, et qu'il portait les mêmes armes qu'avait en 1698 son grand-père, Jean de Caila, seigneur de Nailloux, Enjouton et Soucale.

Je puis joindre à tous ces détails deux indications intéressantes : celle de l'admission de Christophe de Caila

_____

(¹) Mme de Ganduque se remaria avec M. Dumas de La Roque.

à la bourgeoisie de Bordeaux, et une curieuse rectification de l'acte de baptême de son fils, Pierre-Martin. Je les dois à l'obligeance de M. Ernest Gaullieur, archiviste de la ville de Bordeaux. Je lui en exprime ici tous mes remerciements.

La première est ainsi inscrite au *Livre des bourgeois de Bordeaux* (Archives municipales, série BB, n° 1215, 22 avril 1765) :

« Caila (M.-Christophe), secrétaire du Roy près la cour des Aydes et actuellement jurat de la présente ville, a prêté serment de bourgeois d'icelle, au cas requis et accoutumé, ayant été dispensé de faire enquête de ses bonne vie et mœurs. »

La seconde est extraite du *Registre paroissial de Saint-André de Bordeaux, l'an 1744* (Archives municipales, série GG, registre 86; pièce annexée à l'acte 734); elle porte la date du 24 décembre 1787 :

« Jérôme-Marie Champion de Cicé, par la Providence divine et l'autorité du saint-siège apostolique, archevêque de Bordeaux, primat d'Aquitaine, etc., etc.;

» Vu :

» La requête à Nous présentée par le sieur Pierre Caila, avocat général de la cour des Aydes, tendant à ce qu'il Nous plût faire rectifier sur les registres baptistaires de la paroisse Saint-André de cette ville, où le suppliant a été baptisé, l'erreur qui a été insérée dans son acte de baptême, où son nom est inscrit *Quayla* au lieu de *Caila,* qui est son véritable nom;

» Notre ordonnance à la suite de la dite requête, en date du 23 de ce mois, par laquelle Nous aurions commis le sieur Pons de Caylus, chanoine de notre église métropolitaine, et notre vicaire général pour constater le vrai nom du suppliant;

» ... Le procès-verbal de notre dit commissaire, en date de cejourd'hui, par lequel il conste, d'après la déposition de deux témoins dignes de foy, que la signature du suppliant a toujours été *Caila* et non *Quayla;* qu'il a toujours signé de même,

soit dans les actes publics, en sa qualité d'avocat général de la
cour des Aydes, soit dans des actes particuliers; que dans ses
anciens titres, tels que l'armorial de sa famille, le contrat de
mariage d'une de ses sœurs, le testament d'une de ses tantes,
son nom est toujours écrit *Caila;* qu'enfin, ce ne peut être
que par inadvertance que son nom a été écrit *Quayla* au lieu
de *Caila,*

» Nous avons ordonné et ordonnons que dans les extraits de
baptème du suppliant qui lui seront désormais délivrés par le
sieur curé ou vicaire de Saint-André, il sera nommé *Pierre
Caila;* qu'il sera fait note de cette erreur à la marge du feuillet
où se trouve couché le dit acte de baptème; qu'enfin, les dites
requête et enquête seront déposées au secrétariat de notre
archevêché, pour y avoir recours au besoin.

» Donné à Bordeaux, dans notre palais archiépiscopal, sous
notre seing, le sceau de nos armes et le contre-seing du secrétaire de notre archevêché, le 24 décembre 1787.

> » † JÉROME-MARIE,
> ,'Archevêque de Bordeaux.

> » Par Monseigneur :

> » Signé : CORNEILLE (L. S.). »

B. — *Biographie.*

A cette époque, Pierre-Martin de Caila faisait partie de
la cour des Aydes depuis dix-neuf ans, car il avait été
installé conseiller-avocat général de cette cour par
lettres patentes du 20 avril 1768 ([1]), et il y servit vingt-
deux ans, jusqu'au moment de la suppression violente
de toutes les institutions de la vieille France ([2]).

([1]) Par lettres patentes du même jour, il fut dispensé des six années
qui lui manquaient des trente exigées par les ordonnances. Il remplaçait
le sieur Jean de Lezé.

([2]) Les anciens offices et tribunaux avaient été supprimés par décret du
6 septembre 1790. La Chambre des vacations du Parlement de Bordeaux
enregistra ce décret le 28 septembre, et le 30 du même mois, les scellés
furent apposés sur les portes des salles, greffes, archives, etc.

Il était alors premier avocat général de la Cour, charge qui l'aurait conduit à de plus hautes situations, sans la tourmente révolutionnaire qui l'atteignit et brisa ses justes espérances d'avenir.

Privé de toute fonction administrative à quarante-six ans et demi, il ne pouvait échapper longtemps aux persécutions dont furent l'objet presque tous les personnages marquants de l'ancien régime, et il fut, en effet, arrêté le 2 floréal an II (21 avril 1794), comme *ci-devant noble et frère d'émigré.*

J'ai pu retrouver l'interrogatoire qu'il eut à subir, le même jour, devant le Comité de Surveillance de Bordeaux, sur ses nom et prénoms, origine, famille, qualité de noble, carte de civisme, conduite depuis le commencement de la Révolution, dons faits à la nation, services dans la garde nationale, date de liquidation de sa charge, attitude, surtout pendant la durée de la *Commission populaire,* qui avait essayé, un moment, d'arrêter les excès de cette époque, ainsi que sur ses idées relativement aux prêtres constitutionnels, et même sur ses fréquentations avec les habitants de Rions, pays de sa famille (¹).

Il paraît s'être assez heureusement tiré de cet interrogatoire, dont les dangers étaient multiples, car il adressait quatre jours après, le sextidi floréal an II (25 avril 1794), une pétition ainsi conçue aux citoyens composant le redoutable Comité :

« Pierre Caila demande son élargissement, convaincu qu'il n'a rien fait pour perdre l'estime de ses concitoyens. Persuadé

(¹) Voir cet interrogatoire aux Pièces justificatives, n° I. J'ai été guidé dans la recherche des pièces concernant la Révolution, par l'historien de la *Terreur à Bordeaux,* mon collègue à l'Académie, M. Aurélien Vivie. Je lui en exprime toute ma gratitude.

de ce principe que *lorsqu'un peuple veut sa liberté, rien ne peut lui être opposé* (¹), il se livra, dès l'origine de la Révolution, à en être le soutien. L'exactitude de son service dans la garde nationale dès sa création; sa présence à sa section, dont il a sa carte épurée (²); les sacrifices pécuniaires qu'il a faits, l'empressement à faire liquider son office (³), vous prouvent la validité de ce qu'il avance, certifié par des attestations bien authentiques.

» Citoyens, confiant dans votre justice, il espère que vous ferez droit à sa réclamation et que vous ordonnerez sa relaxance.

» GAILA. »

Chose fort rare à cette époque, qui correspond aux plus mauvais jours de la Terreur à Bordeaux (⁴), cette démarche fut bien accueillie, car, au bas de la pétition précédente, se trouve une délibération du Comité paraphrasant les termes employés par Caila et déclarant

(¹) Ces mots sont soulignés dans la pétition écrite par M. de Caila lui-même.

(²) Cette épuration se faisait dans chaque section, le demandeur placé véritablement sur la sellette, obligé de répondre aux questions de tout individu et de tout genre : inquisition minutieuse et passionnée qui transformait le jugement en parodie de la justice. Les Archives départementales de la Gironde renferment plusieurs certificats d'épuration imprimés, et M. A. Vivie a cité quelques-unes des demandes auxquelles une réponse insuffisante avait pour sanction immédiate l'arrestation, comme suspect et mauvais sans-culotte; par exemple : *Quelle est ton opinion sur Marat?* — As-tu jamais *murmuré de la disette des subsistances? — Qu'as-tu fait pour mériter d'être pendu, si la contre-révolution arrivait?* (*Histoire de la Terreur à Bordeaux*, t. II, p. 105.)

Le représentant Garnier, de Saintes, a même donné, dans l'article 2 de son arrêté du 2 thermidor an II, la formule de l'interrogatoire à faire subir aux citoyens, en vue de leur épuration. (Voir aux Pièces justificatives, nº II.)

(³) Tout retard était suspect, comme inspiré par la pensée que la Révolution n'aurait qu'un terme limité.

(⁴) L'un de ses collègues à la cour des Aydes, Robert Faure de Rancureau, était, en effet, condamné et exécuté trois mois après, le 3 thermidor de la même année (21 juillet 1794), et il y a lieu de remarquer que trente-sept magistrats ou administrateurs eurent le même sort, deux seulement ayant été acquittés. (Vivie, ouvrage cité, t. II, p. 404.)

« *qu'il pouvait encore être utile à la liberté*, et qu'elle lui
» serait rendue, sauf renvoi aux représentants du peuple
» pour statuer définitivement (¹). » Ysabeau était alors
le chef suprême de la Gironde. Il approuva la mise en
liberté le 14 floréal suivant, soit le 3 mai 1794, et je
pourrais ajouter que cette prompte décision était heu-
reuse pour l'intéressé. Le collègue et l'ami du conven-
tionnel Tallien n'avait plus, en effet, que peu de jours de
dictature à passer à Bordeaux, qu'il quittait dans la nuit
du 2 au 3 juin suivant (²), taxé de *modérantisme* par l'ami
de Robespierre, le jeune Marc-Antoine Jullien.

A peine libre, M. de Caila voulut sans doute se pré-
munir contre de nouvelles recherches. Il prit, dès le
lendemain de sa relaxance, le 15 floréal (4 mai), la lettre
de passe prescrite par la loi du 27 germinal (³) (16 avril),
et j'ai trouvé dans le même dossier des Archives départementales une autre pétition adressée au proconsul
Garnier, de Saintes, ou Xantes, comme on disait alors.

Je la reproduis aussi, comme renfermant des détails
curieux sur les choses de ces temps troublés :

« *Au citoyen Garnier, de Xantes, représentant du peuple
en séance à Bordeaux.*

» Citoyen,

» Je viens offrir à ma patrie les connaissances que j'ai
acquises dans l'étude de l'histoire naturelle et des parties qui

---

. (¹) Voir aux Pièces justificatives, nº III.

(²) Aurélien Vivie, *Histoire de la Terreur à Bordeaux*, t. II, p. 251.

(³) Cette loi du 27-28 germinal an II (16-17 avril 1794) sur la police
générale de la République ordonnait que les *nobles* et les *étrangers* ne
pourraient séjourner dans les villes maritimes ou frontières. Ysabeau
chargea le Comité de Surveillance d'assurer l'exécution de cette loi, et, du
26 avril au 7 mai, de nombreux ordres de passe furent accordés aux intéressés habitant Bordeaux pour quitter cette ville. Un volumineux registre
de ces ordres existe aux Archives de la Gironde.

l'accompagnent. Je me suis principalement attaché à la recherche des plantes dont les cendres étaient le plus chargées de ce sel alkali devenu si précieux pour l'exploitation du salpêtre. J'ai communiqué aux citoyens Limoges et Baritot, chargés de cette partie, mes vues et mes désirs. Ces citoyens ont applaudi à mon zèle et ont paru satisfaits des connaissances et de l'aptitude que je leur ai annoncées, soit pour la recherche des plantes, soit pour la conduite des opérations prescrites par l'art pour l'extraction du salin. Ces citoyens m'ont même fait entrevoir que je pouvais espérer la direction d'un des six ateliers à salin qui vont être établis dans l'étendue du district de Bordeaux.

» J'ai communiqué, citoyen représentant, aux citoyens Limoges et Baritot mes preuves de civisme depuis l'année 1789, avec ma carte civique et mon épurement au Comité de Surveillance de cette ville. Ces deux citoyens me rendront justice auprès de toi, citoyen représentant, si tu veux bien les consulter.

» Je suis né roturier, mon extrait baptistaire le prouve (¹), mais il plut à mon père d'acheter, une vingtaine d'années après ma naissance, une charge de secrétaire. La crainte de me trouver compris dans le décret du 27 germinal m'a fait prendre une lettre de passe (²).

(¹) Ce n'était pas tout à fait exact, comme nous l'avons vu par sa généalogie, dressée par lui-même ; mais tout mauvais cas était niable en ce temps-là, car la tête était en jeu.

(²) Elle existe aux Archives départementales, sous la date du 15 floréal an II (4 mai 1794), avec le signalement de l'intéressé. L'ordre est ainsi rédigé, n° 527, page 125 :

« Pierre Caila, ci-devant noble, âgé de quarante-neuf ans, demeurant cours Tourny, n° 29, reçoit un ordre de passe pour se retirer à Floirac, district de Bordeaux, département du Bec-d'Ambès, où il déclare vouloir se retirer, conformément à la loi du 27-28 germinal. »

On lit, en marge :

« Lequel a déclaré et signé avoir un frère sur la liste des émigrés. »

Et, plus bas :

« Signalement. — Taille : cinq pieds cinq pouces ; visage long, cheveux châtains, front ordinaire, sourcils châtains, yeux idem, nez long, bouche moyenne, menton rond. »

Le 11 floréal an II (30 avril 1794), sa sœur Élizabeth Caila, femme Dumas de La Roque, âgée de trente-sept ans, demeurant rue du Mirail, 41, avait déjà reçu un ordre de passe pour se retirer à Bègles (n° 351, p. 72).

» Tire-moi de cette cruelle inaction, citoyen représentant ;
seconde mon zèle et mes désirs. Je te jure que tu n'auras qu'à
te féliciter de m'avoir mis à même de consacrer mes connaissances et mes travaux à la prospérité de la République.

» Salut et fraternité.

» CAILA. »

Cette nouvelle pétition est tout entière de la main
de Caila et largement écrite. Celle qu'il avait adressée
précédemment au Comité de Surveillance était seulement
signée de lui.

Au dos de ce document se lit l'annotation suivante :

« N° 190. Caila, né roturier d'un père qui a depuis acheté
une charge de grand secrétaire, se trouve compris dans la loi
du 27 germinal, et expose qu'ayant des connaissances en
histoire naturelle, il pourrait être utile pour la fabrication du
salpêtre, attendu qu'il connaît parfaitement les plantes qui
fournisse les sels propres à cette matière.

» Il demande à être employé dans un des six ateliers qui
vont être établis dans le district de Bordeaux.

» Il a fait part de ses intentions aux citoyens Limoges et
Baritot. »

Je n'ai pu retrouver la suite de cette demande, qui se
se trouve apostillée cependant de ces mots, écrits par
Garnier lui-même :

« Renvoyé aux citoyens Limoges et Baritot (¹), après avoir
consulté le Comité de Surveillance.

» Signé : GARNIER,
de Xantes. »

Son ordre portait, en marge :

« Dont le père et le mari jouissaient des privilèges de la noblesse. »

Son signalement ne portait pas *Jolie*, comme celui de Thérésia Cabarrus,
retrouvé par notre ami Aurélien Vivie et communiqué par lui à M. Arsène
Houssaye, qui a nommé Mme Tallien : Notre-Dame de Thermidor.

(¹) Ce citoyen était encore en 1806 directeur des poudres et salpêtres à
Bordeaux et souscripteur à la publication de Lacour et Caila sur les sarcophages de Saint-Médard-d'Eyrans, dont nous parlerons plus loin.

Mais au dos de la pièce est écrite l'annotation suivante :

« Le Comité révolutionnaire de surveillance, établi par
arrêté du Comité de Salut public, déclare qu'il n'a en son
pouvoir aucune dénonciation contre le citoyen Caila, ex-noble,
qui, à la suite de la loy des 27-28 germinal, s'est retiré de
Bordeaux muni d'un ordre de passe.
» Est fait en séance, à Bordeaux, le 13 thermidor an II de
la République une et indivisible (31 juillet 1794).

» PLÉNAUD, VEYSSIÈRES, COMPAIN,
GUIGNAN, LÉLOM (¹). »

Or, ce même jour, dans la nuit, Garnier apprenait la
chute de Robespierre (9 thermidor), et de Caila put
compter, dès lors, sur des jours meilleurs, soit qu'il
n'eût pas sérieusement quitté Bordeaux, soit qu'il eût
pris réellement sa résidence à Floirac, localité si rappro-
chée du port maritime que la loi de germinal, au sujet
des ordres de passe, ne me paraît pas avoir eu, à Bordeaux du moins, une sanction très sûre pour l'État ni
très pénible pour les intéressés (²).

La mort de Lacombe vint, à bref délai, mettre fin à
la Terreur girondine, et de Caila ne tarda pas à attirer
l'attention des gouvernements, qui eurent tant de peine
à réparer les désastres accumulés pendant les années qui
furent si fatales aux choses de l'art, des lettres, de la
science, et même aux savants, *dont on n'avait que faire
dans une République,* selon l'expression de Coffinhal (³)...

(¹) Il y a lieu de remarquer que les membres de ce Comité, qui comprenait aussi Cassan, étaient des amis de Jullien. (A. Vivie, ouvrage cité, t. II,
p. 231.)

(²) Les ci-devant nobles, résidant à Bègles ou à Floirac, comme les Caila
et un très grand nombre d'autres, ayant désigné des localités aussi voisines
du port de Bordeaux, ou de ceux du Médoc, ne faisaient, en réalité, que
tourner ou éluder la loi.

(³) *Étude sur Lavoisier,* par Ed. Grimaux. Alcan, 1888.

Et il lui advint ce qu'acceptèrent bien d'autres de ses contemporains, même républicains farouches et terroristes, tels que Tallien (¹), Ysabeau (²), Jullien (³) et Garnier, de Saintes (⁴), pour ne citer que les représentants du peuple qui avaient été les proconsuls de Bordeaux à l'époque que nous avons rappelée.

De Caila fut nommé baron par l'empereur Napoléon, par lettres patentes du 6 octobre 1810 (⁵), et avait même été désigné, peu après, pour faire partie, en qualité de conseiller, de la nouvelle Cour d'appel qui fut installée à Bordeaux le 8 juin 1811.

Le décret était daté de Saint-Cloud, le 12 mai précédent. Il avait été communiqué à M. de Caila, le 29 du même mois, par M. le baron de l'Empire Rateau, procureur général de la Cour; mais cette distinction ne fut pas acceptée par l'intéressé, qui expliqua les motifs de son

(¹) *Tallien,* touché par les grâces d'une Bordelaise, Thérésia Cabarrus, fit partie des Cinq-Cents, fut de la campagne d'Égypte et nommé, à son retour, consul d'Alicante, poste qu'il n'occupa jamais et qu'il conserva pourtant jusqu'en 1820, mais sans traitement depuis la Restauration.

(²) *Ysabeau,* ancien oratorien, auxiliaire important de Tallien au 9 thermidor, fit partie du Conseil des Anciens et fut nommé, par le Directoire, dans un poste supérieur de l'administration des Postes. Il le perdit en 1814 et mourut à Paris en 1823, oublié, comme le précédent.

(³) *Julien* ou *Jullien,* de Paris, devint commissaire des guerres sous le Directoire. Il fit partie de l'expédition d'Égypte, fut un apologiste fervent de Napoléon Iᵉʳ, puis publiciste et directeur de journaux. Il mourut, oublié, en 1840 ou 1841.

(⁴) *Garnier,* né à Saintes en 1754, montagnard ardent, devint membre du Conseil des Cinq-Cents jusqu'en mai 1798. En 1804, il était président du tribunal criminel de Saintes, et le 24 avril de cette année, il s'entremettait pour constater l'authenticité des reliques de Saint-Eutrope, qu'*il avait vues et examinées* en l'année 1789, d'après le procès-verbal signé par lui. Il fut membre de la Chambre des représentants de 1815, et se rangea, sans difficulté, du parti de Napoléon. Atteint par l'ordonnance du 24 juillet 1815 comme régicide, et banni par la loi de 1816, il mourut en Amérique en 1820.

(⁵) Elles sont conservées dans les archives du château de Caila avec leur renouvellement, en date du 25 mai 1816.

refus dans une lettre que nous reproduisons, non seulement en raison des causes énoncées de ce refus, mais encore comme preuve des travaux auxquels M. de Caila consacrait alors ses heures :

« Monseigneur,

» Je suis extrêmement flatté de l'accueil que m'a fait Votre Excellence, à l'audience de ce matin. Comme il m'importe de mériter votre bienveillance et de bien établir les raisons qui me forcent à ne pas répondre à l'honneur que m'a fait Sa Majesté, en me nommant à une place de conseiller en sa cour impériale de Bordeaux, permettez-moi, Monseigneur, de vous les rappeler.

» Je suis dans les soixante-sept ans depuis le 15 octobre dernier. J'ai exercé pendant vingt-deux ans la charge de premier avocat général de la cour des Aydes de Bordeaux. J'ai la santé très délicate, des infirmités cachées, l'ouïe très paresseuse.

» J'ai oublié les lois anciennes. J'ignore complètement les nouvelles. Il y a plus de vingt ans que je n'ai pas jeté les yeux sur un livre de droit. Je me suis retiré à la campagne depuis quelques années.

» Je suis entièrement dévoué à Sa Majesté. Le titre dont elle m'a honoré me place au rang de ses plus fidèles sujets. Si je ne puis, Monseigneur, servir Sa Majesté comme magistrat, je la sers comme homme de lettres, en travaillant à la statistique du département de la Gironde, d'après l'invitation de Son Excellence le ministre de l'intérieur, par la lettre dont elle m'honora le 22 août dernier. J'ai découvert, Monseigneur, au cabinet des manuscrits de la Bibliothèque impériale, des chartes qui regardent l'ancienne province de Guienne, et qui sont très précieuses pour l'ouvrage que j'ai entrepris. Je les compulse. C'est un travail de longue haleine.

» Veuillez bien, je vous prie, porter aux pieds du trône mes très respectueuses représentations. J'ose, Monseigneur, espérer qu'avec l'appui de Votre Excellence, Sa Majesté les accueillera favorablement et ne verra en moi qu'un sujet très soumis, que son âge, ses infirmités et son incapacité forcent d'avouer qu'il est hors d'état de remplir les fonctions honorables qu'Elle daignait lui confier.

» Je suis avec respect, Monseigneur, de Votre Excellence le très humble et très obéissant serviteur.

» BARON DE CAILA,

» Paris, 24 mai 1811.

» Député de Bordeaux. »

Il a toujours été rare de rencontrer tant de généreux scrupules, et il est à regretter que le grand travail que de Caila annonçait dans cette lettre n'ait pas été achevé; son âge et le fâcheux état de sa santé ne lui permirent probablement pas d'y mettre la dernière main.

Je dois ajouter cependant que la vie du baron de Caila fournit quelques incidents, après la renonciation dont nous venons de donner les termes et la date.

Membre du Conseil municipal de Bordeaux depuis 1806 jusqu'en 1815 inclusivement, il suivit sans doute l'exemple du maire Lynch, quand survinrent les événements de 1814. Il fut en effet autorisé, le 12 juillet de cette année, à porter la décoration du Lys (1), que S. A. R. Monseigneur le duc d'Angoulême accorda, le 21 du même mois, à l'Académie tout entière de Bordeaux, avec autorisation, du 4 août suivant, pour chacun de ses membres d'en porter les insignes (2).

(1) On conserve au château de Caila toutes les pièces relatives à cette décoration :

1º Avis par le comte Lynch, le 12 juillet 1814;

2º Confirmation par Louis XVIII, du 1er septembre, avec lettre de M. Huc, premier valet de chambre du roi;

3º Titre du 27 novembre, avec ampliation signée du baron de Damas.

(2) On lit, en effet, dans le compte rendu manuscrit de la séance du 21 juillet, que S. A. R. le duc d'Angoulême « étant arrivé à Bordeaux, une » députation de l'Académie a été lui présenter les hommages de la Com- » pagnie, et que S. A. a daigné accorder à la Société la décoration du Lys. » Le 4 août, le maire de Bordeaux écrit à l'Académie pour lui faire passer l'autorisation individuelle par laquelle S. A. R. Monseigneur le duc d'Angoulême permet aux membres de l'Académie de porter la décoration du Lys.

Il fit, après les Cent-Jours, acte d'ardent patriotisme en donnant quittance au Trésor royal d'une somme de 3,075 francs, à laquelle il avait été taxé pour sa contribution à l'emprunt de 100 millions décrété en 1816. Il avait alors soixante-douze ans, et vécut, presque toujours depuis, dans son château de Caila, où sa mort eut lieu le 19 septembre 1831 (1), à quatre-vingt-six ans et onze mois passés d'une vie consacrée, jusqu'à la Révolution, aux devoirs de sa charge à la cour des Aydes et aux études les plus variées pendant le premier quart, au moins, du XIXᵉ siècle.

C'est dans ce château que j'ai pu voir le portrait qui rappelle les traits délicats et graves de M. de Caila, et dont je puis présenter la photographie, très réussie, à l'Académie, comme le meilleur souvenir de celui qui fut l'un de ses membres les plus zélés et les plus capables.

Sa reproduction m'a été accordée avec la plus grande obligeance par M. de Galard, et son exécution, vraiment artistique, est due à M. Amtmann, mon collègue à la Société d'Archéologie de Bordeaux.

Il figure, du reste, au milieu d'une série considérable de portraits historiques qui forment, au château de Caila, un véritable musée, aussi remarquable par le nombre des toiles que par la valeur intrinsèque de beaucoup d'entre elles.

Nous allons décrire cette collection, avant d'entre-

(1) Nous avons eu quelque peine à retrouver cette date. Elle n'était pas conservée dans les archives de Caila. La *Biographie* de M. E. Feret disait : mars 1832. Les tables décennales des Archives départementales, compulsées avec soin par M. Ducaunnès-Duval, portaient : le 20 septembre 1831. Mais je dois à M. le comte Cardez, maire de Rions, une indication plus exacte : l'acte du décès du baron Pierre de *Cayla* est bien du 20 septembre, mais la mort avait eu lieu le 19, à dix heures du soir (ville et commune de Rions, registre des décès, n° 16).

prendre l'étude des écrits de celui qui avait présidé à leur choix et à leur réunion.

C. — *Le château de Caila et ses collections.*

Ici je laisserai parler encore, le plus souvent, M. de Caila lui-même, parce qu'il a laissé plusieurs notes, très détaillées, sur la demeure favorite de ses dernières années, ainsi que sur les collections et richesses qui s'y trouvent encore conservées.

« La maison de Fadia, venue de feu mon père (1), dit-il dans une note de 1814, consistait en quatre chambres basses et deux au-dessus, avec vestibule, chambre dite de Louis XIV et mon cabinet de travail, que feu mon père fit établir et réparer. Il y avait des granges, cuviers et chambres à la suite autour de la cour, que ma mère fit abattre et mettre dans l'état où on la voit aujourd'hui. »

C'était un fief possédé par la famille de Chabannes en qualité de seigneur de Curton, vassal du seigneur de Rions et arrière-vassal du duc d'Albret (2), fief sur lequel M. de Caila fit établir, sous son nom particulier, un majorat à la fin de l'année 1810, après la réception des lettres patentes impériales qui le créaient baron (3).

Il lui était venu, comme nous l'avons dit, de l'héritage de sa mère, Louise Lebon, qui le tenait elle-même de

---

(1) *Archives de Caila.*

(2) Les Chabannes étaient aussi barons de Rions et avaient une partie de la baronnie de Cadillac, outre le marquisat de Curton, sur les paroisses d'Espiet, Tizac, Grezillac et Dagonac. Ces terres provenaient d'une donation faite par Charles III à Jacques de Chabannes.

(3) Ce majorat fut transmis à sa nièce, la vicomtesse de Galard-Saldebru, par lettres patentes du 3 juillet 1824. *(Archives de Caila : titres et brevets.)*

Louis Lebon, son père (¹), ou plutôt de Jacquette Duruau, sa mère (²).

C'est dans cette demeure, agrandie, restaurée et embellie, selon toutes les règles du goût moderne, par M. le comte Hector de Galard, que se trouve la collection de portraits de personnages historiques, dont nous devons l'énumération complète à la complaisante collaboration de M. le marquis de Galard-Magnas, d'après un inventaire dressé par M. de Caila le 2 octobre 1803.

Elle occupe un grand nombre de salons et mérite d'être décrite, parce qu'elle forme un musée national et régional sans analogue, tout au moins dans la Gironde et à Bordeaux.

On y voit d'abord rassemblés, avec un soin certainement intentionnel, les portraits des favorites ou des grandes dames des plus brillantes époques de notre histoire.

> Agnès Sorel ou Soreau ;
> Diane de Poitiers ;
> La duchesse d'Étampes ;
> Mona Lisa, dite *la Joconde* ;
> Lavocate ou la Belle Ferronnière ;
> Marie Touchet, maîtresse de Charles IX ;
> Renée du Rieux, dite *la Belle Châteauneuf,* à la cour
>   de Henri III ;
> Gabrielle d'Estrées ;
> Henriette de Balzac, marquise de Verneuil ;

(¹) Les Lebon avaient eu une illustration dans la personne de Louis Lebon, qui était de l'Académie des Sciences de Paris, mécanicien célèbre, ami de Réaumur, et dont il est parlé avec éloge dans l'*Encyclopédie.* Ces Lebon étaient originaires de La Brède. (*Archives de Caila,* 1810.)

(²) Les Duruau ou Dureaud descendaient de François Dureaud, qui vivait de ses rentes, en 1640, à Langoiran. Son fils fut commissaire aux Saisies réelles de cette juridiction, et son petit-fils devint procureur au Parlement. Il est décédé en 1748. Ses petites-filles furent Mmes Bonneau de Lajarte, de Peyssard et de Puyauris. (*Archives de Caila,* 1810.)

Jacqueline du Bueil, comtesse de Moret;

Charlotte des Essarts, comtesse de Romorantin;

La duchesse de Fontanges;

M. de Mornay, marquise de Villarceaux;

La marquise de Montespan;

Françoise d'Aubigné, marquise de Maintenon;

Ninon de Lenclos,

s'y trouvent rapprochées de :

Blanche de Castille, mère de saint Louis;

Marie Stuart, veuve de François II;

Catherine et Marie de Médicis;

Jeanne d'Albret, mère de Henri IV;

Marguerite de Valois, première femme de ce roi;

Anne d'Autriche;

Marie-Henriette de France, fille de Henri IV et femme
de Charles Ier d'Angleterre;

Marie-Anne-Victoire, fille de Philippe V, roi d'Espagne;

Marie de Rabutin, marquise de Sévigné;

Françoise de Sévigné, comtesse de Grignan;

Marguerite de Souvré, marquise de Sablé.

Et près du premier groupe :

François Ier, aux pieds de Françoise de Foix (Château-
briant),

et Henri IV et Gabrielle, au moment où Bellegarde disparaît,
tableaux qui sont tous les deux de Duchesne [1].

Puis viennent les grands personnages de l'histoire :

Charles, comte d'Alençon, frère de Philippe de Valois,
tué à la bataille d'Auray le 26 avril 1346;

Pierre de Bourbon, sire de Beaujeu, gendre de Louis XI;

Le connétable Bertrand Duguesclin;

[1] École française, 1627. Premier peintre de la reine-mère, mais bien
plus remarquable comme directeur des embellissements de Fontainebleau
et du Luxembourg que par ses toiles. Poussin et Philippe de Champagne
travaillèrent sous sa direction, mais le premier se lassa de lui.

Raoul de Lorraine, tué à la bataille de Crécy, 13 août
    1340;

Louis IX (saint Louis);

Maximilien, empereur d'Allemagne;

Henri III, roi de France;

Philippe IV, roi d'Espagne, père de Marie-Thérèse;

Philippe d'Orléans, régent de France;

Le premier prince de Condé;

Gabriel de Saluces, dernier marquis de ce nom;

Philippe Guillaume, cardinal de Bavière (xvie siècle);

Le duc de Nemours, frère utérin du duc de Mayenne;

Henri de Guise, *le Balafré;*

Charles-Emmanuel de Lorraine, comte de Sommerive;

Le cardinal Charles de Lorraine;

Antoine, comte de Vaudemont, prince lorrain;

Le maréchal de La Palisse, à la bataille de Pavie;

Le connétable de Bourbon, tué à Rome le 6 mai 1527;

Le chancelier du Vair.

Le chancelier de L'Hôpital;

Armand Duplessis, cardinal de Richelieu;

Le cardinal Mazarin;

Pierre de Gondi, cardinal de Retz;

Le connétable Henri de Montmorency, père du maréchal
    décapité à Toulouse le 30 octobre 1632;

Le cardinal César d'Estrées;

Louis-Charles d'Albert, duc de Luynes;

P. de Bonne, duc de Lesdiguières.

Albert de Gondy, maréchal de France;

Louis, prince de La Roche-sur-Yon;

Gaspard de Saux-Tavannes, maréchal de France;

Jean du Bellay, gouverneur du Piémont sous François Ier.

Charles de Bourbon, comte de Soissons, gouverneur de
    Normandie;

Louis de Bourbon, comte de Vendôme,

et d'autres illustrations nationales ou étrangères :

Michel Cervantès;

Philippe Mélanchthon, peint par Holbein;

Edmond Auger, jésuite, confesseur du roi Henri III;
L'abbé de Rancé, peint par Philippe de Champagne;
Cornélius Jansénius, évêque d'Ypres;
Nicolas Lambert, confesseur d'Henriette de France;
Le célèbre marin anglais François Drake ([1]);

sans parler d'autres toiles représentant :

Un roi de la première race;
Frédégonde, troisième épouse de Chilpéric;
Cinq portraits de personnages inconnus;
Trois tableaux anciens cotés comme provenant de Saint-
Denys en France,
et un beau tableau de Porbus, intitulé : *Une Dame fla-
mande.*

Nous devons noter, enfin, les portraits de plusieurs personnages offrant un intérêt particulier pour notre région girondine :

Bertrand de Goth, devenu le pape Clément V;
Jean de Bueil, comte de Sancerre, tué à la bataille de
Castillon (1453) contre Talbot;
Michel Eyquem, seigneur de Montaigne;
Le duc de Roquelaure, gouverneur de Guyenne;
Le maréchal Alphonse d'Ornano, mort en Savoie (1610).

Les tableaux de la famille de Caila complètent cette collection, qui ne compte pas moins de quatre-vingt-douze toiles, et comprennent aussi les portraits de :

Fulcran de Caila, prieur de Bajon;
Mme de Caila, née Lebon;
Baron de Caila,

___

([1]) Ce tableau, signalé par le voyageur Millin, avec ceux du duc de Roquelaure et du chancelier de L'Hôpital, fut visité, il y a quelques années, par un des descendants de l'illustre amiral.

dont notre photographie reproduit très exactement les traits; et deux toiles représentant son père Christophe : l'une en costume de jurat de Bordeaux, l'autre où il est poudré, revêtu d'une simarre, l'épée au côté, avec l'inscription suivante, un peu effacée, placée au-dessous du portrait :

« *Nobilis Christophorus a Caila, civitatis Burdigalæ septumvir electus a Ludovico XV. Anno D. 1764. Magistratum gessit usque ad VIII diem mensis jan. 1775 quo die obiit et postero cives parentesque funera fecerunt cum eximia pompa æreque publico, jacet in sacra sancti Elangii* (saint Éloi) *æde et juxta pluteum septuaginta duo anno et sex menses natus erat.* »

On se laisse facilement attarder, quand on visite Caila, par l'examen attentif des tableaux que je viens d'indiquer. Plusieurs ont une valeur artistique incontestable. La qualité des personnages, la célébrité spéciale qui s'est toujours attachée aux grandes dames qui s'y trouvent en si grand nombre, et le fait particulier de la date de la réunion de toutes ces toiles à une époque où l'on pouvait encore trouver des portraits originaux et où l'art du truquage n'avait pas pris les développements que nous constatons tous les jours, toutes ces considération démontrent certainement l'importance d'une collection qui mériterait une étude plus longue que celle que nous pouvons lui accorder ici.

Mais Fadia, devenu château de Caila, renfermait aussi d'autres richesses, car son mobilier comprenait, d'après un inventaire du 10 février 1775, des objets de grande valeur aussi, parmi lesquels M. de Galard-Magnas m'a signalé :

Une tapisserie de cuir doré.
Six pièces de tapisserie d'Aubusson en paysages.

Dix fauteuils à la Reine en serge verte.
Une tapisserie à personnages de cinq pièces.
Deux pièces de tapisserie en verdure.
Cinq pièces de tapisserie à personnages.
Cinq autres en verdure.
Cinq autres à petits personnages.
Une autre en tapisserie de Bergame.
Douze plats d'argent de formes variées.
Deux terrines très belles avec leur couvercle en argent.
Quatre saladiers.
Une jatte.
Un pot à eau très beau.
Un pot au lait couvert.
Une cafetière.
Deux théières.
Un réchaud à eau doré.
Un bougeoir.
Un sucrier.
Un sucrier en poudroir.
Une écuelle et son assiette.
Un panier avec deux anses.
Deux soucoupes.
Un saucier.
Un moutardier.
Deux paires de flambeaux.
Deux girandoles.
Une paire de mouchettes.
Deux porte-mouchettes.
Un gobelet de vermeil.
Trois cuillères à ragoût.
Trente-cinq couverts.

Le tout en argent.

Les deux portraits de Christophe de Caila, celui du
prieur de Bajon, sont portés sur le même inventaire,
avec une grande toile représentant Louis XV.

M. de Caila possédait aussi de beaux livres et des

objets d'art, partagés ou dispersés, et un médaillier dont il avait probablement fait don avec les collections d'histoire naturelle qu'il avait rassemblées.

Le goût des choses de l'art marchait en effet de pair, chez lui, avec son amour de l'antiquité ou de l'histoire de son pays, et nous allons prouver, sous ce dernier rapport, combien sa longue existence avait été bien occupée, en énumérant et appréciant tous les travaux qu'il avait entrepris.

Nous pouvons en donner la liste entière, grâce au registre que nous avons trouvé à la Bibliothèque de Bordeaux; grâce à nos recherches personnelles dans les archives de l'Académie et un peu partout; grâce enfin aux manuscrits dont M. de Galard-Magnas a bien voulu nous donner les titres, et qui font encore partie des archives du château de Caila.

III

L'ŒUVRE SCIENTIFIQUE ET LITTÉRAIRE DU BARON DE CAILA

A. — *Énumération des travaux*.

Il est à présumer que P. de Caila s'était depuis longtemps associé au mouvement intellectuel, qui fut aussi brillant à Bordeaux qu'à Paris, pendant le xviiie siècle. Il était l'un des souscripteurs à l'ouvrage de Baurein [1], dès 1784, comme avocat général de la cour des Aides, et si son nom ne figure pas sur la liste des membres du Musée de Bordeaux, en 1787, il est au premier rang des associés de la Socié td'Histoire naturelle et d'Agriculture,

---

[1] Les *Variétés bordeloises*. Livre composé peu avant la Révolution et qui vise une foule de documents disparus pendant la tourmente.

qui reprit, dès 1796, la tradition de l'ancienne Académie bordelaise, créée en 1712 et supprimée violemment le 10 août 1793 [1].

Il prit une part très active à cette première tentative de restauration des études de tout genre à Bordeaux, et fut pendant plusieurs années membre du Conseil de la Société nouvelle, qui changea son premier titre, dès le 13 brumaire an VI (3 novembre 1797), pour celui de Société des Sciences, Belles-Lettres et Arts, n'osant pas reprendre celui d'Académie, qui ne lui fut rendu que le 13 août 1828.

Quant à ses ouvrages, je n'ai vraiment qu'à citer les notes qu'il a mises, lui-même, sur tous ses manuscrits, avec l'année de leur présentation à plusieurs Sociétés savantes, et les renseignements les plus minutieux sur la date des séances, le nom de leurs présidents et même des commissaires, qui se trouvaient quelquefois associés à ses recherches.

Sous ce rapport, le registre de la Bibliothèque de Bordeaux est précieux à bien des titres, et voici l'énumération des travaux qui s'y trouvent insérés, avec cette indication :

« *Cette liasse contient tous les mémoires et rapports présentés à l'Académie par M. le baron de Caila depuis 1801 jusqu'en...* » [2].

[1] La première séance de cette Société se tint le 23 frimaire an V (13 décembre 1796), dans la salle précédemment occupée par le Directoire du district de Bordeaux, dans la maison départementale, en vertu d'une décision de l'autorité supérieure en date du 16 frimaire précédent (6 déc.). Ses réunions avaient eu lieu d'abord dans la maison du citoyen Rodrigues, l'un des premiers membres, et nous croyons de toute justice de donner aux pièces justificatives le nom des fondateurs ou premiers adhérents de la Société. Leur liste se trouve inscrite sur les premières feuilles d'un grand registre manuscrit conservé à la Bibliothèque de la ville de Bordeaux. (Voir Pièces justificatives, n° V.)

[2] La date manque, mais il sera facile de la déterminer plus loin.

1. *Observations sur la ville de Castillon-sur-Dordogne et sur le château. de Montaigne.*

Assemblée publique du 13 germinal an IX (20 avril 1801).

2. *Rapport sur un mémoire présenté à l'Académie par M. Mazois fils sur le Palais Galien.*

Séance du 15 germinal an XI (5 avril 1803). Présidence de M. Bergeron.

3. *Dissertation sur une figure trouvée à Villefranche en Périgord en 1797.*

Lue dans la séance du 6 messidor an XI (25 juin 1803) et dans l'assemblée publique du 10 brumaire an XII (2 novembre 1803). Président : M. Guilhe.

4. *Dissertation sur deux lagènes trouvées, au mois d'août 1791, dans un tombeau, à vingt-deux pieds de profondeur, dans le cimetière Saint-Seurin.*

Séance du 13 août 1803. Président : M. Guérin.

5. *Rapport sur un monument trouvé dans le quartier de Puy-Paulin, dans la direction du mur de la première enceinte.*

Séance du 24 juillet 1804. Président : M. Latapie.

6. *Traduction de quelques poésies fugitives de Buchanan.*

Assemblée publique du 3 août 1804.

7. *Rapport sur un charnier découvert le 23 mars 1805, en dépavant le revers de la chaussée du fossé de la ville située entre la rue Saint-James et celle du Cahernan, à droite en venant de Saint-Éloi.*

Séance du 25 avril 1805. Président : M. Latapie.

8. *Recherches sur les formalités du mariage chez les peuples anciens et modernes.*

Séance du 15 mai 1805. Président : M. Dufau.

9. *Recherches sur le temple Vernemetis et sur le frontispice de l'église Sainte-Croix.*

Séance du 14 juin 1805. Président : M. Dufau.

10. *Notice sur les temples de Jupiter et de Diane situés dans le quartier du Mont-Judaïque et dans celui de Sainte-Colombe.*

Séance du 15 juillet 1805.

11. *Dissertation sur l'autel AVGVSTO SACRVM.*

Assemblée publique du 22 août 1805. Présidence de M. Dufau.

12. *Dissertation sur une médaille de Matidia, sur une tête de Jupiter Serapis et sur une sardoine orientale,* sur laquelle est gravée, en creux, la continence de Scipion le Jeune.

Séance du 6 mars 1806.

13. *Dissertation sur les piliers de Tutelle.*

Séance du 13 mars 1806 et assemblée publique du 12 juin 1806. Présidence de M. Fauchet, préfet de la Gironde.

14. *Dissertation sur un instrument antique trouvé à Pauliac.*

Séance du 24 juillet 1806. Président : M. Dufau.

14bis. *Rapport sur les tombeaux trouvés à Saint-Médard-d'Eyrans, près Bordeaux.*

Séance du 16 novembre 1804. Président : M. Latapie ([1]).

15. *Dissertation sur une petite statue trouvée en creusant les fondemens d'une maison de la rue Sainte-Catherine.*

Séance du 28 août 1806. Présidence de M. Guérin.

16. *Dissertation sur l'autel de Lauzun.*

Séance du 26 février 1807. Président : M. Guérin.

17. *Dissertation sur une pièce de monnaie hébraïque.*

Séance du 21 mai 1807.

18. *Observations sur la topographie de la ville de Bordeaux.*

Séance publique du 15 septembre 1807. Présidence de M. Fauchet, académicien et préfet de la Gironde.

19. *Dissertation sur deux pièces de monnaie trouvées en 1803 dans les démolitions du palais de l'Ombrière.*

Séance du 10 août 1808.

20. *Dissertation sur deux passages de notre Chronique.*

Séance du 23 mars 1809.

21. *Dissertation sur Cassinogilum, Cassolium, Casseneuil, Casseuil.*

Séance du 25 juin 1812. Présidence de M. le comte Lynch, académicien et maire de Bordeaux.

22. *Notice sur la porte Dijeaux.*

Séance du 20 août 1812. Présidence de M. le comte Lynch.

23. *Notice sur la petite ville de La Réole.*

([1]) A été imprimée chez Bergeret et neveu. Bordeaux, 1806.

Séance du 20 mai 1813. Présidence de M. Capelle.

24. ..... ([1]).

25. *Recherches sur les anciennes limites du territoire des Bituriges Vivisques.*

Séance du 2 mars 1815. Présidence de M. Guiet de La Prade.

26. *Dissertation sur la formule : Sub Ascia dedicavit* ou *dedicaverunt.*

Séance du 5 mai 1815. Présidence de M. Guiet de La Prade.

Je dois noter que j'ai pu découvrir çà et là toutes les dates des lectures de ces nombreux travaux. Je les ai mises en regard de chacun d'eux, complétant ainsi la table qui accompagne le registre de la Bibliothèque, mais qui n'est pas de la main de l'auteur, et ne donne que le titre, quelquefois trop abrégé, des dissertations.

Cette simple énumération prouve le zèle de M. de Caila, ainsi que la variété des sujets qu'il avait traités dans les séances ordinaires ou publiques de la Société, qui faisait renaître les souvenirs de l'Académie du *fameux Montes-quieu,* comme le qualifiait le Parlement de Bordeaux dans ses remontrances du 30 juin 1786.

C'est une suite presque ininterrompue de recherches de 1801 jusqu'en 1815, et je dois dire que la liste précédemment donnée est loin de les signaler toutes. Les registres des séances en contiennent quelques autres, tout particulièrement : Une *Notice sur les changements subis par le sol de Bordeaux depuis sa fondation,* lue le 19 juillet 1806 ([2]); une foule de rapports, et le plus important, peut-être, de ses mémoires, dont je devais trouver, plus tard, le manuscrit original au château de Caila. Il s'agit d'une dissertation, lue dans la séance du

---

([1]) On verra, plus loin, que j'ai pu retrouver la dissertation portant ce numéro, et absente du registre, relié, où elle n'a jamais été insérée.

Elle avait été lue le 17 juin 1813.

([2]) C'était un développement de sa notice n° 18 du Registre.

17 juin 1813 (président : M. Guilhe), *sur une figurine
trouvée, au mois d'avril 1813, dans les cloîtres de l'église
Saint-André de Bordeaux.*

Or, cette notice portait précisément le n° 24 inscrit
dans la table du registre cité, mais sans aucun texte
correspondant. Elle avait été certainement destinée à
entrer dans cette collection, et s'en était trouvée dis-
traite, soit qu'elle n'eût pas été rendue à temps par
Grivaud de La Vincelle, auquel elle avait été communiquée (¹), soit que Caila l'eût emportée à Paris.

Il y faisait, en effet, d'assez longs séjours, ainsi qu'à
la campagne, depuis 1808, et il avait même présenté
une demande de retraite à l'Académie de Bordeaux, le
29 juin 1812, en raison de ses voyages et de ses longues
absences. Sa demande fut acceptée dans des termes
tellement honorables, que je n'hésite pas à les repro-
duire :

« Bordeaux, 15 juillet 1812.

» MONSIEUR LE BARON,

» La Société des Sciences, Belles-Lettres et Arts de Bordeaux, délibérant sur votre demande du 29 juin, a décidé que
vous continueriez de lui appartenir en qualité de membre
honoraire et correspondant. Elle se flatte que toutes les fois
que vous vous trouverez à Bordeaux, vous viendrez vous réunir
à vos collègues. Vos absences même pourront tourner à son
profit : un esprit éclairé et observateur trouve partout des
trésors sous ses pas. La Société demande à être enrichie de
ceux que vous continuerez de recueillir. Elle saisit cette occasion pour réclamer plusieurs mémoires très intéressants que

---

(¹) Une note au crayon indique ce fait sur l'une des dissertations
manuscrites.

vous avez lus dans son sein, et dont elle pourrait s'honorer, si elle en avait des copies (¹).

. . . .

» La Société espère, Monsieur, que vous la ferez bientôt jouir de tous les objets qu'elle me charge de vous demander, en vous témoignant, en même temps, combien elle eût éprouvé de regrets si elle avait dû perdre un membre aussi distingué et aussi utile que vous.

» Agréez, Monsieur le Baron, l'assurance de mes sentiments particuliers et bien respectueux.

» FITTE,
» Secrétaire général (²). »

Cette lettre était adressée à Toulouse, où M. de Caila résidait alors, près de son frère Alexandre, et où il était estimé comme savant, puisque l'Académie des Sciences, Inscriptions et Belles-Lettres de cette ville l'avait admis comme correspondant, le 27 avril 1809, le même jour que Lacour père, son collègue à l'Académie de Bordeaux (³).

Son ardeur scientifique l'avait fait du reste rechercher par d'autres Compagnies savantes.

La Société d'Encouragement pour l'industrie nationale l'avait admis, le 16 mars 1808, comme membre titulaire, ainsi que l'atteste une lettre officielle de son secrétaire adjoint, Mathieu Montmorency (⁴).

(¹) Le registre de la Bibliothèque, tout entier de la main du baron de Caila, sauf la table, est évidemment la conséquence de cette réclamation flatteuse.

(²) Professeur de belles-lettres au Lycée de Bordeaux, académicien depuis le 27 juillet 1809, en remplacement de M. Fauchet, préfet, qui quittait Bordeaux.

On le porte à tort comme reçu en 1826, page 199 de la *Table méthodique et historique de l'Académie*.

(³) Ils avaient été, tous deux, nommés à l'unanimité des suffrages (diplôme conservé au château de Caila).

(⁴) Il avait été présenté par M. de Grave. Le diplôme est dans les archives du château de Caila.

Le 29 mars de la même année, avait lieu sa nomination de membre de l'Académie Celtique, qui devait se continuer plus tard par la Grande Société royale des Antiquaires de France, dont il fit également partie; un grand diplôme du 19 août 1816, portant les signatures de MM. P. de Maleville, président; de Mourcin et Depping, vice-présidents; Dulaure, secrétaire; Le Rouge, trésorier, et le chevalier Alexandre Lenoir, archiviste, le confirme, avec substitution d'un second diplôme au premier.

Sa première communication à cette Compagnie fut une lecture sur les instruments en bronze trouvés à Pauillac, notice qui figure, sous le n° 14 du registre de la Bibliothèque de Bordeaux, comme ayant été présentée déjà à l'Académie le 24 juillet 1806 ([1]).

Et M. de Caila fit précéder cette lecture d'une courte allocution, qui témoigne hautement de son dévouement à la science.

La voici; elle est également inédite :

« MESSIEURS,

» Le sentiment que j'éprouve en parlant pour la première fois dans le lieu de vos séances est celui de la reconnaissance. C'est aussi le premier que j'exprimerai. Oui, Messieurs, je suis très flatté d'être placé parmi vous. Du moment où j'ai appris que vous étiez formés en corps académique, sous la protection du gouvernement, pour vous vouer à la recherche des monuments antiques, j'ambitionnai d'y figurer un jour. Mes vœux sont aujourd'hui satisfaits. J'aime, je dirai même plus, je suis passionné pour tout ce qui a trait à l'antiquité. Je m'en occupe depuis longtemps, et plus particulièrement depuis qu'un nouvel ordre de choses, me détournant de la

([1]) Nous avons publié cette notice dans notre *Mémoire sur l'âge du bronze en Gironde.* (*Actes de la Société Archéologique de Bordeaux,* t. XIV, p. 17.)

carrière honorable que j'avais embrassée, m'a permis de me
livrer entièrement à mes penchants. J'ai du zèle, et je puis
vous assurer que je ferai tous mes efforts pour vous seconder
dans vos pénibles recherches et pour mériter votre estime et
votre bienveillance. »

Si M. de Caila avait répondu aux désirs de l'Académie
de Bordeaux en lui réservant plusieurs de ses derniers
travaux, après sa retraite, à savoir les nos 23, 25 et 26 du
registre cité, et la dissertation no 24, restée au château
de Caila, il avait aussi bien tenu ses promesses à l'Académie Celtique, car c'est dans les volumes de cette Académie qu'il publia successivement plusieurs mémoires :

1° En 1808 (t. II, p. 357), une *notice sur une monnaie
celtibérienne,* lue le 9 juin [1];
2° En 1809 (t. IV, p. 70), un *mémoire sur les mœurs des
habitants des Landes de Bordeaux dans la contrée connue
sous le nom de captalat de Buch;*
3° En 1809 aussi (t. IV, p. 265), une *notice sur quelques
monuments, usages et traditions antiques du département
de la Gironde* [2].

Telle est l'œuvre considérable du baron de Caila, qui
avait réuni, de plus, des collections de tout genre, ainsi
que nous l'avons dit, et principalement une large série
de minéraux qu'il avait recueillie lui-même et acquise,
en partie, du cabinet du pharmacien Vilaris, son ancien
collègue à l'Académie [3].

[1] Cette notice est imprimée et conservée au château de Caila.
[2] Ce sont les seuls travaux signalés dans les *Comptes rendus de la
Commission des Monuments historiques de la Gironde,* no 15, 1853-54,
page 71.
[3] Marc-Hilaire Viralis, dit Vilaris, maître en pharmacie, est porté
comme membre de l'ancienne Académie de Bordeaux sous la date de 1752.
Il avait été élu le 23 avril, et l'on sait qu'il découvrit l'existence des kaolins
du Limousin et le parti qu'on pouvait en tirer. (*Table historique et méthodique* citée, p. 193.)

Il la donna à la Ville de Bordeaux, et la lettre suivante lui fut adressée, à l'occasion de ce don, par le célèbre maire comte Lynch :

« Bordeaux, 17 septembre 1811.

» *Le Maire de la ville de Bordeaux à M. le baron de Caila, membre du Conseil municipal.*

» Monsieur le Baron,

» Je reçois, avec reconnaissance, votre lettre de ce jour, dans laquelle vous me priez d'agréer, au nom de la Ville, votre collection de minéralogie.

» Conformément à vos intentions, j'écris à M. Dargelas, conservateur du cabinet d'histoire naturelle du Musée de la Ville, de recevoir votre collection et de la disposer dans le rang distingué qu'elle doit occuper dans cet établissement scientifique.

» Votre généreux don, Monsieur le Baron, dépose autant de votre zèle éclairé pour les sciences que de votre amour pour la ville où vous avez pris naissance.

» Cette cité, Monsieur le Baron, conservera le souvenir du bienfait que vous doit son Musée, et il est glorieux pour vous d'enrichir ce Temple des Muses après y avoir brillé par les savantes dissertations que vous y avez fait entendre sur la docte antiquité.

» Agréez, Monsieur le Baron, l'assurance de ma considération très distinguée.

» LYNCH. »

Comme on le voit, on savait alors rendre toute justice à la valeur scientifique et littéraire du baron de Caila. Et à tous les travaux que nous avons énumérés doivent se joindre ceux dont le château de Caila conserve encore les manuscrits, et dont M. de Galard-Magnas a recueilli pour nous les titres, après avoir consulté la liste que nous avons donnée plus haut, et que nous lui avions communiquée.

Plusieurs de ces mémoires devaient faire incontestablement partie du travail d'ensemble que M. de Caila
avait annoncé au ministre et qu'il préparait sur la
Guyenne.

Dans ce nombre se classent :

Neuf cahiers très compacts, pleins de textes em-
pruntés à un nombre considérable d'ouvrages et annotés
avec le plus grand soin ;

Un manuscrit très curieux, in-f° de 18 pages, intitulé : *Offices de la ville de Bordeaux, d'après un relevé fait
sur des manuscrits de la Bibliothèque impériale en 1810
et 1811, pendant les séjours que j'ai faits* (de Caila)
à Paris ;

Et une foule de notes ou de mémoires achevés sur :

Condat, près de Libourne.
Le château d'Ornon.
Le séjour des Wisigoths à Bordeaux.
Recherches sur Clément V.
Courte notice sur Rions.
*Notes sur les canaux et conduits trouvés dans les diffé-
rentes fouilles qui ont été faites dans la ville de Bordeaux
et ses environs,* et qui pourraient peut-être servir à la décou-
verte de la fontaine Divona.
*Notes diverses sur différents sujets curieux, tels que
Homère, les Ménades, le Pirée,* etc.
*Noms des peintres français, romains, florentins, véni-
tiens, lombards, napolitains, génois, espagnols, allemands,
suisses, hollandais et flamands* dont les œuvres, exposées au
muséum du Louvre avant le mois de juin 1815, ont été gravées,
en partie, dans les *Annales du Musée* (édition en 10 volumes).

Et un *Alphabet malabare* de Court de Gébelin, portant, en note, qu'il lui avait été donné par M. de La
Montaigne, secrétaire perpétuel de la ci-devant Académie
de Bordeaux.

Un pareil nombre de travaux, marqués au coin d'une érudition savante et d'une grande sagacité personnelle, auraient dû, bien certainement, assurer à M. de Caila une notoriété considérable, correspondante, au moins, à la place qu'il avait occupée parmi les savants et antiquaires de son époque.

Et pourtant c'est à peine si on le voit cité dans les ouvrages du temps, même par ceux avec lesquels il avait été le plus en rapport.

Je l'ai fait remarquer ailleurs, à l'occasion des dessins que Lacour fils avait consacrés à la statuette d'argent des cloîtres de Saint-André, et que j'avais retrouvés annexés à la dissertation manuscrite conservée au château de Caila (¹).

Mais Lacour père, son collègue plus ancien à la Société des Sciences, Belles-Lettres et Arts, et qui avait été reçu le même jour que lui à l'Académie de Toulouse, n'a parlé que fort rarement de lui, même dans la publication qu'il fit avec son fils sur les beaux sarcophages de Saint-Médard-d'Eyrans, près Bordeaux (²).

Il n'a point cité son nom dans l'avant-propos de son travail, semblant s'attacher à mettre au second plan la part que M. de Caila avait prise, avec lui, dans l'étude de ces sarcophages.

Et cependant les deux rapports de Lacour et de Caila, conservés dans le registre de la Bibliothèque municipale (par les soins et de la main du second), sont loin de

(¹) *Actes de la Société Archéologique de Bordeaux,* t. XIII, p. 81. Il est vrai que Lacour fils ne devint le collègue de Caila que le 7 juillet 1814, après le décès de son père, survenu le 28 janvier de la même année. Or, de Caila ne venait plus que rarement à Bordeaux, dès cette époque.

(²) *Antiquités bordelaises, sarcophages trouvés à Saint-Médard-d'Eyran, près Bordeaux,* gravés et publiés par MM. Lacour père et fils, in-f°. Bordeaux, 1806, chez Bergeret neveu, avec six belles planches.

4

restreindre la part d'appréciations de ce dernier, qui ne se trouve qu'accidentellement nommé, pour ainsi dire, dans le travail imprimé ([1]). On dirait même que ses recherches ne sont rappelées, à la fin des notes explicatives, qu'en vertu d'une promesse faite à la Société.

Chose plus extraordinaire, l'ouvrage publié par les Lacour en 1806 est même assez différent des deux rapports primitifs lus, deux ans avant, dans la séance du 25 brumaire an XIII (16 novembre 1804), bien que la Société, qui avait provoqué des recherches sur les tombeaux trouvés en octobre de la même année, eût voté, après discussion, dans sa réunion du 15 frimaire suivant (6 décembre 1804), que M. Lacour était autorisé à *faire servir le rapport primitif aux gravures qu'il se proposait de publier sur ces tombeaux*. Le registre cité porte même cette note : *L'ouvrage imprimé mentionnera cette délibération.*

Aussi Lacour ne put-il s'empêcher de terminer son œuvre par ce dernier paragraphe :

« Nos lecteurs verront sans doute avec plaisir que la Société des Sciences, Belles-Lettres et Arts de cette ville, occupée de tout ce qui peut ajouter à la gloire de ses concitoyens, avait chargé ce zélé ex-magistrat (Caila) de lui faire un rapport sur la découverte faite à Saint-Médard-d'Eyran, de concert avec M. Lacour ([2]). C'est la partie de ce rapport qui appartient à M. Caila que nous avons promis d'imprimer à la suite de cet ouvrage. »

Or, ce n'était pas absolument exact, car le rapport original ne contenait aucune des données de ces der-

([1]) Pages 12, 23, 32 et 34.
([2]) Lacour père, ou plutôt de Lacour, car il avait cru devoir supprimer le *de* en 1793, fut le collègue de Caila de 1799 à 1814. Il ne pouvait ignorer la haute compétence de ce dernier comme antiquaire.

nières recherches, tendant surtout à attribuer les tombeaux à quelques personnes de la famille des Léonce et Paulin, de Bordeaux, et faisait preuve, d'autre part, de beaucoup d'érudition, tandis que celui de Lacour se bornait à la question d'art.

Quoi qu'il en soit, et sans espoir, sans doute, de trouver la raison de ces nuances où l'amour-propre de l'artiste à l'endroit des justes prétentions de l'antiquaire avait probablement sa part, Jouannet n'a pas fait plus d'allusion que Lacour aux travaux de Caila, qui l'avait de beaucoup devancé dans l'étude des antiquités de Bordeaux, mais qu'il avait moins connu, parce qu'il avait résidé surtout à Périgueux jusqu'en 1817.

Il ne pouvait, cependant, ignorer la notoriété de ce savant, et son silence est d'autant plus surprenant que, collègues de la même Compagnie, ils avaient pris ensemble, et souvent, la parole dans plusieurs de ses assemblées publiques, tout spécialement dans celles du 9 avril et du 15 septembre 1807.

Il est vrai que Jouannet (1) se présenta d'abord, dans ses solennités, comme poète, en lisant des stances sur le *tems,* ou un *chant nuptial,* tandis que M. de Caila ne sortait pas de ce qu'on nommerait, maintenant, sa spécialité archéologique, par un mémoire sur l'*autel trouvé à Lauzun* (n° 16 de la liste citée) et sur les *causes*

---

(1) *Jouannet* (François-René-Bénit *Vatar*), né à Rennes le 31 décembre 1765, vint à Bordeaux en 1805, mais n'y fit qu'un court séjour. Résidant ensuite à Périgueux, où il fut successivement prote de l'imprimerie Dupont, professeur, statisticien, archéologue, numismate, naturaliste, historien, il fut nommé correspondant de l'Académie le 6 mars 1806, et ne revint à Bordeaux qu'en 1817. Il y devint académicien titulaire le 2 juillet 1818, occupa les fonctions de bibliothécaire de la Ville et de conservateur du Musée des Antiques. Membre correspondant de l'Institut pour l'Académie des Inscriptions et Belles-Lettres en 1833, il mourut à Bordeaux le 18 avril 1845.

d'exhaussement du sol de Bordeaux, à propos d'un travail de M. de Monbalon.

Jouannet a même critiqué son collègue de Caila, particulièrement au sujet de ses conclusions sur le caractère des instruments en bronze trouvés à Pauillac, mais sans le nommer ([1]), et l'on serait tenté de voir dans son attitude un véritable parti pris, dont les causes m'échappent, car il a poussé si loin les choses qu'il a constamment appelé *Queyla* son contemporain (dans les rares circonstances où il le désigne), alors que le nom du baron de Caila a figuré avec le sien, jusqu'en 1831, dans toutes les publications imprimées de l'Académie et sur la liste annuelle de ses membres.

J'ai rappelé qu'ils avaient pris, tous deux la, parole dans plusieurs séances publiques de cette Compagnie, et s'il fallait une preuve décisive de notre opinion, nous pourrions ajouter que Jouannet, qui a parlé de la part prise par de Caila dans les fouilles de Terre-Nègre, d'après le *manuscrit* publié par M. de Mensignac dans les *Actes de la Société Archéologique de Bordeaux* ([2]), a passé com-

---

([1]) N° 14 des Mémoires du registre de la Bibliothèque. Voir aussi notre Étude sur ce mémoire (*Actes de la Société Archéologique,* t. XIV, 1889, p. 17).

([2]) *Catalogue des Antiquités de Terre-Nègre déposées à la Bibliothèque publique de Bordeaux* (*Actes* cités, t. IX, p. 22).

Le Catalogue manuscrit publié par M. de Mensignac porte :

1° A l'article *Médailles,* page 36 : « Trajan et fondation de Nîmes. M. *Queyla* possède l'une et l'autre. »

2° A l'article *Coupes,* page 38 : « M. *Queyla* possède une autre coupe à peu près pareille. Elle est d'un travail mieux entendu et, surtout, beaucoup mieux conservée. »

3° Et, page 43, à propos des fouilles commencées avec le XIXᵉ siècle à Terre-Neuve : « J'ai continué depuis, et à des époques différentes, les fouilles que nous avions commencées. Enfin, l'année dernière, MM. *Queyla,* Petit, Géraut, Goethal et moi nous nous réunîmes pour achever de sonder l'ancien cimetière des Bituriges Vivisques. De ces différents travaux, il est résulté de nouvelles découvertes et une quantité considérable de vases

plètement ce fait sous silence dans son travail sur ces
fouilles imprimé dans les *Actes de l'Académie* pour l'année 1831.

M. Bourges, secrétaire général de cette Compagnie,
fut plus juste dans son rapport de la même année, en
annonçant ainsi la mort de M. de Caila dans la séance
du 5 juillet 1832 :

« Il était aussi recommandable par ses vertus et ses qualités que par le zèle avec lequel il partagea longtemps les
travaux de l'Académie. Il s'était particulièrement livré à
l'étude des antiquités de sa patrie, et on lui doit d'avoir
éveillé chez ses contemporains le goût de ce genre d'études et
de recherches (¹). »

Et il annonçait la rédaction d'un Éloge qui n'a jamais
était fait (p. 58).

Millin (dont Jouannet a cité bien souvent l'ouvrage)
rendit la même justice à M. de Caila, chez lequel il se
rendit directement, lors de son voyage à Bordeaux,
comme *connaissant à merveille l'histoire et les antiquités*

antiques dont je réunis, en ce moment, tous les dessins, me proposant de
les insérer dans mon ouvrage sur les cimetières antiques et, en particulier,
sur celui de Terre-Nègre. »

M. de Mensignac a bien renvoyé, pour cette remarque, à l'article intitulé : *Notice sur les antiques sépultures populaires du département de
la Gironde,* lue à l'Académie le 20 mai 1831 et publiée dans les *Actes* de
la Compagnie pour la même année, page 123, mais le nom de Caila ou de
Queyla n'y figure pas.

Même remarque pour la note conservée dans les papiers inédits de
Jouannet à la Bibliothèque de Bordeaux, au sujet des personnes qui
avaient ce qu'on nommait alors un cabinet, à savoir : MM. Queyla, membre
de la Société des Sciences et Arts (il le connaissait donc); Chambon,
payeur général à Périgueux; Petit, marchand bijoutier, rue du Loup, à
Bordeaux; Géraut, homme de lettres, rue du Chapeau-Rouge; Mazois
eune, architecte, à Paris, et Goethal, antiquaire, à Bordeaux (Mensignac,
oc. cit., page 44, et Note inédite de Jouannet). Elle porte la date du 15 no-
embre 1806.

(¹) *Actes de l'Académie.*

de Bordeaux ([1]), et c'est sous sa direction qu'il visita successivement l'église Saint-André, les ruines du Palais Gallien, le cimetière Saint-Seurin, la porte du Palais, l'ancienne salle de l'Académie, devenue Musée des Antiques, l'église des Feuillants, où était le tombeau de Montaigne, et la maison n° 7 de la rue des Minimes, que l'on a longtemps désignée comme celle de l'auteur des *Essais* ([2]).

Jouy, dans son *Hermite en province,* n'a fait que copier Millin ([3]), et Grivaud de La Vincelle est, peut-être, parmi les antiquaires du commencement de notre siècle, celui qui a rendu le plus justice à M. de Caila, qu'il avait de bonnes raisons d'apprécier.

Voici ce qu'il en dit dans son *Recueil de monuments antiques, la plupart inédits et découverts dans l'ancienne Gaule* ([4]) :

« M. le baron de Caila, ancien avocat général au Parlement de Bordeaux ([5]), s'occupe de l'histoire de la Gascogne. Savant,

([1]) *Voyages dans les départements du midi de la France,* par Aubin-Louis Millin, de 1806 à 1811. 4 volumes in-8°, avec un volume de planches. T. IV, 2° partie, pages 616, 622, 625, 630 et 645. Millin orthographie *Cayla.* Ch. XXXIII, page 616 : « J'allai visiter M. Cayla, ancien magistrat, qui charme ses loisirs en s'occupant de l'histoire et des antiquités de son pays. »

([2]) C'est une erreur que M. Th. Malvezin, auteur de plusieurs ouvrages remarquables sur l'histoire de Bordeaux, et spécialement sur Montaigne, a détruite dans un mémoire publié par la *Société Archéologique de Bordeaux,* tome XIII, page 1, sous le titre : *Note sur l'habitation de Michel Montaigne à Bordeaux.*

([3]) Tome I, page 57.

([4]) Paris, 2 vol. in-4°, 1817, avec 40 belles planches et cartes très soignées. Véritable continuation des recueils de Caylus et de La Sauvagère.

([5]) Il faut lire : de la cour des *Aydes,* dont la compétence était de connaître des deniers royaux ; des différends pour affaires de finance ; des matières criminelles concernant les aides, gabelles et autres impositions ; des appellations des élus ; de la validité des titres de noblesse, à l'effet de l'exemption des tailles, des privilèges des aides, tailles et gabelles dont

instruit et zélé, il a illustré plusieurs monuments antiques recueillis dans sa patrie, et notamment les deux beaux sarcophages en marbre blanc, ornés de sujets mythologiques, dont la munificence du Roi vient d'enrichir le Musée de France. »

Il reconnaissait lui devoir les dessins de sa planche XXIX, consacrée aux antiquités de Bordeaux, et il dit dans un autre passage, à propos du n° 3 de sa planche XIX (t. II, p. 182), que Lacour avait dessiné la statuette de Mercure décrite par M. de Caila, qui lui avait même cédé cette figurine (¹).

Presque partout ailleurs notre antiquaire et archéologue n'est nommé que d'une façon banale, excepté, toutefois, par M. de Lamothe dans son *Étude des travaux relatifs aux monuments de Bordeaux*, où se lit :

« Nous retrouvons un esprit supérieur aux écrivains que nous venons de nommer (Bernadau et surtout Guilhe), quoique incapable, cependant, de bien hautes aspirations, dans un de leurs contemporains, M. *du Caila*.

» Les travaux de cet auteur n'ont pas été imprimés. L'Académie de Bordeaux, devant laquelle il lisait ses dissertations, ne publiait encore que quelques rares mémoires sur des questions d'industrie ou d'agriculture. Ce n'est donc que dans les

---

jouissaient les officiers du roi et autres ; de la vérification des édits, ordonnances et déclarations concernant les matières dont la connaissance lui appartenait.

Les veilles et surveilles des cinq fêtes annuelles, MM. de la cour des Aides de Paris descendaient au préau de la conciergerie du Palais pour y donner audience de grâce aux prisonniers.

Millin avait aussi qualifié M. de Caila d'avocat général au Parlement et de membre de l'Académie (*loc. cit.*, p. 616).

(¹) Ce dessin est joint, en effet, au mémoire n° 3 du registre cité ; mais Grivaud de La Vincelle a commis deux erreurs dans son article sur le *Mercure*, en disant « que la figurine avait été trouvée à Bordeaux et qu'elle n'avait été l'objet d'aucune dissertation ». C'est de Villefranche, près Mussidan (Dordogne), qu'elle provenait, et de Caila l'avait décrite dans la notice citée plus haut.

Comptes rendus de l'an XI, de l'an XIII et de 1807 que l'on trouve une analyse de ses recherches. »

Et il donnait une énumération des écrits de notre auteur pendant ces trois années en ajoutant :

« Les travaux de M. de Caila ne sont pas dépourvus de mérite. Cet antiquaire joignait à une instruction solide un esprit de réserve d'autant plus précieux qu'il est plus rare. Cependant, il faut bien dire que ses recherches manquent d'élévation, qu'elles contiennent quelques erreurs, principalement en ce qui concerne les antiquités du moyen âge... On se rappelle l'opinion qu'il émit au sujet de l'église Sainte-Croix, dans les sculptures de laquelle il croyait reconnaître les restes du temple *Vernemetis;* mais peut-on faire un reproche à un auteur de n'avoir pas devancé son temps ? »

Je dois noter que les dates des mémoires cités par de Lamothe sont assez inexactes et que la liste des travaux est très incomplète. Elle ne comprend aucune des études antérieures à 1804, ni celles publiées dans les volumes de l'Académie Celtique, tandis que ces dernières notices sont, seules, mentionnées dans l'article, très court, de la Biographie de M. de Caila, que le même auteur et Rabanis avaient rédigée pour les *Comptes rendus de la Commission des monuments historiques de la Gironde* (¹).

On parle cependant, dans ces *Comptes rendus,* de la part considérable qu'il prit dans la rectification de l'erreur commise lors de la translation des cendres de Montaigne au Musée de Bordeaux (²), et nous y reviendrons plus loin.

J'ai pensé que le baron de Caila méritait mieux que

(¹) XVᵉ année, 1853-54, page 71, on y renvoie au travail particulier de de Lamothe, 1849. Ducourneau ne l'a pas cité dans les notices biographiques de son *Histoire de Bordeaux,* 1839, nouvelle édition.
(²) Tome XVI, 1854-55, pages 24 et 25.

ces mentions trop sommaires et j'ai recherché tout ce qui pouvait rappeler sa mémoire.

Les lignes qui précèdent donnent déjà une meilleure appréciation des mérites du vieil académicien, et je dois ajouter que ma thèse vient de recevoir une autorité de plus par l'opinion que mon collègue à l'Académie, M. Camille Jullian, a consignée dans le deuxième volume tout récemment paru, de ses *Inscriptions bordelaises :*

« Monsieur Caila forme, en quelque sorte (dit-il), la transition entre les savants de la fin du XVIII° siècle et ceux de la Restauration, entre Devienne et Jouannet. Il se constitua, durant la période révolutionnaire, comme le gardien de nos antiquités et des traditions de nos érudits ([1]).

» Il a eu le mérite d'être *le seul* à sauvegarder pendant ce temps l'intérêt de nos monuments anciens. » (P. 390.)

On ne peut faire un plus bel éloge, et tout ce que nous avons écrit déjà est en plein accord avec ce témoignage.

Mais si nous sommes heureux de voir nos convictions partagées par l'éminent épigraphiste dont M. Gaston Boissier faisait dernièrement l'éloge mérité dans un article spécial du *Journal des Savants* ([2]), nous pouvons trancher ici une question qu'il a laissée indécise au sujet de la part qui revient au baron de Caila dans la rédaction d'un manuscrit intitulé : *Explication des statues, autels, cippes, inscriptions recueillies dans la salle des monuments du Muséum de la ville de Bordeaux.*

M. Jullian, après avoir signalé qu'il existait deux exemplaires de cette *Explication*, l'un de la main du

([1]) *Archives municipales de Bordeaux : Inscriptions romaines,* in-4° 1890, tome II, page 387.
([2]) Mai 1890, page 273.

peintre Pierre Lacour (¹), conservé à la Bibliothèque mu nicipale de Bordeaux, l'autre propriété de M. J. Delpit, et après avoir constamment cité le travail comme appartenant à M. de Caila (²), avait énoncé des doutes sur cette attribution, en disant :

« J'avoue franchement que j'hésite encore avant de prendre un parti, car même en admettant que les deux exemplaires soient de la main du peintre, même en considérant qu'il intervient en personne, à propos d'un monument, contre Caila, il demeure toujours étonnant que Lacour ait pu faire un travail de ce genre. C'était, sans doute, un peintre de valeur... mais il n'était rien moins qu'archéologue, et l'auteur du mémoire en question connaît bien les choses en archéologie et en épigraphie, comme les papiers de Séguier à Nîmes (n° 8), le musée de Florimond de Raymond (n° 11), d'Anville (n° 28), Gruter (n°ˢ 4 et 153), et même Appianus (n° 7). Les inscriptions sont accompagnées de commentaires qui rappellent de très près les opinions et les mémoires de Caila *(Autel de Lauzun).* Au cas même où Lacour serait le dernier rédacteur de cette *Explication,* comme il en a été le copiste, il ne peut pas, je crois, en être le seul, ni même le principal auteur, et il est vraisemblable qu'il faudra toujours y faire une assez large part à Caila, dont Lacour aura, à la rigueur, repris, transcrit et légèrement remanié le travail. » *(Loc. cit.,* p. 388 et 389.)

Je suis en mesure de prouver que cette dernière opinion est la vraie, non seulement par la découverte, au château de Caila, d'un troisième exemplaire de cette *Explication, tout entier de la main de M. de Caila,* mais encore par la constatation, dans les mêmes archives, d'une foule de manuscrits se rattachant au même sujet, et qui avaient évidemment servi à la préparation et à la rédaction du travail lui-même.

(¹) Ouvrage cité, tome II, page 388, d'après l'opinion de M. Céleste, bibliothécaire.

(²) C'était aussi l'opinion de M. Delpit.

Ces manuscrits ont pour suscription :

1° *Notice sur les antiques, statues et bas-reliefs du Mu-*
séum de la ville de Bordeaux.

2° *Matériaux pour l'histoire des antiques de Bordeaux.*

3° *Muséum de la ville de Bordeaux, salle des monuments,*
1812.

4° *Inscriptions funéraires des fouilles de l'Intendance en*
1756.

5° *Explication des statues, autels, cippes, inscriptions*
rassemblés dans la salle des monuments de la ville de
Bordeaux.

La copie, conservée à la Bibliothèque municipale,
renferme même la preuve de ce que j'avance dans un
passage qui a échappé, par extraordinaire, à l'analyse de
M. Jullian. Lacour dit, en effet, de la manière la plus
expresse, à propos de la statue n° 5 du Musée des Antiques de Bordeaux, qu'il ne faisait, dans cette *Explication,*
que copier presque toujours les notes du savant antiquaire...
qu'il ne nommait pas, mais qui se trouve facilement
désigné dans l'article n° 7 : *Autel d'Auguste et du Génie*
de la cité des Bituriges Vivisques, et *Autel de Lauzun,*
parce que tout cet article, assez long, n'est que la copie
textuelle, *mot pour mot,* de passages des deux mémoires
de M. de Caila sur ces deux antiquités (n°s 11 et 16 du
registre).

J'ajoute que le manuscrit conservé à Caila est beaucoup plus explicite que la copie *presque textuelle* de
Lacour. Il est d'abord précédé d'une étude générale sur
Bordeaux et les Bituriges Vivisques, étude où se trouvent
rassemblées avec une érudition parfaite, et *sous la date*
de 1812, tout ce qu'on a dit, depuis, du premier texte de
Strabon, parlant de l'Emporium bordelais, et de tous les
auteurs qui peuvent être cités comme s'étant occupés

de l'importance extraordinaire que prit ce marché dès le temps d'Auguste.

On n'a rien ajouté à la notice de M. de Caila, et sa description des antiques du Musée est partout accompagnée de savantes notes, de la critique des opinions qui ont été émises sur leur caractère, surtout des renseignements les plus précis sur les points de la ville où les antiques avaient été trouvés. Nous le montrerons plus loin.

Loin de méconnaître les mérites de ses devanciers, de Caila cite, avec éloges, la part qui revient à Vinet, Florimond de Rémond, Labrousse, Joseph de La Chassaigne, Dupré de Saint-Maur, de La Montaigne, de Monbadon et au maire Lynch.

Son historique des débuts du Musée est véritablement remarquable, et l'ensemble de ses documents est de nature à montrer quelle était la valeur exceptionnelle d'un archéologue aussi compétent.

Il ne peut donc y avoir désormais aucun doute sur l'auteur véritable de ces notes, si importantes pour l'histoire des antiquités bordelaises. Et Lacour nous paraît avoir fait, en cela, ce qu'il avait plus habilement dissimulé dans l'affaire des sarcophages de Saint-Médard-d'Eyrans. Il a copié le travail de son collègue à la commission des antiques de l'Académie. Il en a critiqué quelques passages, pour paraître y avoir mis la main, et a laissé à la postérité le soin de découvrir, comme nous enons de le faire, le peu de part qui lui revenait dans cette revue des richesses archéologiques du Musée bordelais.

Les choses se passent souvent ainsi, même de nos jours, et la tendance de certains esprits à se faire attribuer les bonnes œuvres d'autrui est même bien ancienne,

ainsi que le prouve l'exemple de Bathylle et le *Sic vos
non vobis*. Les fabulistes ont même stigmatisé le plagiat
indirect, mais sans pouvoir empêcher cependant que le
vulgaire confonde, parfois, les plumes du paon trans-
portées avec art parmi celles des geais.

M. Jullian avait parfaitement établi, du reste, d'autre
part, la différence qui existait entre la science de
M. de Caila et celle de Lacour, en disant « que le premier
» avait fait preuve, dans ses études, de finesse et d'esprit
» autant que de connaissances et d'érudition, s'il était
» inférieur au second comme dessinateur et artiste ».

Le baron de Caila doit donc être reconnu comme le
gardien, le défenseur et l'interprète le plus intelligent
des antiquités de Bordeaux pendant le premier quart de
notre siècle, et son *Explication* prouve aussi qu'il savait
joindre à cette qualité le mérite, si rare, d'avoir dressé
un inventaire exact et raisonné des monuments qu'il
avait, plus que personne, mis en relief.

On ne saurait trop faire ressortir, en effet, la valeur et
l'importance de ces inventaires, qui manquent, pourtant,
dans un grand nombre de musées, et dont la rédaction
et l'impression vont s'imposer enfin, sans doute, à Bordeaux par la translation et la réunion dans un seul édifice
de tout ce qui a été découvert dans le sol de la capitale
des Bituriges Vivisques.

Nous appelons ce travail de tous nos vœux.

B. — *Appréciation*.

Si les détails dans lesquels je suis entré pour établir,
non sans peine, la longue liste des travaux de M. de Caila
montrent combien son œuvre était considérable, l'étude

attentive de ces travaux justifie davantage encore la
même opinion.

Cette appréciation raisonnée fait bien reconnaître que
quelques-uns des mémoires ont perdu de leur actualité
par les longues années du silence qui s'était fait, presque
systématiquement, sur leur auteur. L'intérêt de plusieurs
d'entre eux a nécessairement diminué par la publication de recherches nouvelles, par les progrès certains de
la science archéologique en général et, surtout, par le
développement scientifique qu'ont pris, depuis quelques
années, les études épigraphiques, dont le bel ouvrage de
M. Jullian est l'une des plus remarquables manifestations
pour notre région.

Mais nous croyons, cependant, que leur publication
intégrale serait intéressante à bien des titres, et je com-
parerais volontiers cette entreprise à celle de la réédition
récente des *Variétés bordelaises* de Baurein, avec cette
considération toute particulière qu'il s'agirait de documents restés inédits, alors qu'il existait encore un assez
bon nombre des exemplaires du livre du vieil annaliste
girondin.

Les mémoires du baron de Caila constitueraient, en
tout état de cause, des fragments précieux de l'histoire
de l'archéologie à Bordeaux pendant les premières années
de notre siècle. Et c'est pour poser un jalon dans cette
voie que je vais essayer de faire ressortir, par un résumé
sommaire, quels sont les mérites des études dont je n'ai
donné, jusqu'à présent, qu'une simple énumération.

Ces études peuvent être distinguées en quatre classes
principales :

1° Celles qui ont trait à la numismatique ;

2° Les notes sur des sujets littéraires ou de pure
ethnologie ;

3° Les mémoires relatifs à l'archéologie générale ou à l'histoire de Bordeaux et de la Gironde;

4° Les rapports et les dissertations (en beaucoup plus grand nombre) sur les antiquités trouvées à Bordeaux ou dans ses environs immédiats.

1° Numismatique.

Il est certainement fâcheux que le médaillier considérable rassemblé par M. de Caila, et qu'une note, conservée dans les archives de son château, dit avoir été complété, pour tous les manquants, par des empreintes en soufre, n'ait pas été conservé, sans que sa destination ait pu être retrouvée.

Mais nous pouvons citer, dans ce premier article :

1° Une dissertation sur une médaille de Matidia et sur deux pierres gravées, lue, le 6 février 1806, à la Société des Sciences, Belles-Lettres et Arts de Bordeaux;

2° Une note sur une monnaie hébraïque (séance du 21 mai 1807);

3° Une étude sur deux pièces de monnaie trouvées, en 1803, dans les démolitions du palais de Lombrière (séance du 10 août 1808), — travaux faisant partie de la collection du registre de la Bibliothèque municipale sous les nos 12, 17 et 19.

4° Une notice *sur une monnaie celtibérienne,* imprimée en 1808 dans le deuxième volume des mémoires de l'*Académie Celtique,* page 357.

5° Un travail manuscrit comprenant dix-huit feuillets et intitulé : *Histoire du haut et bas empire par les médailles.* Il est conservé au château de Caila.

1. La première note visait une médaille d'argent petit module, d'une valeur intrinsèque de 75 centimes, mais

cotée 120 francs en 1806 ([1]), portant l'inscription : DIVA AVGVSTA MATIDIA, et, au revers, un aigle, les ailes à demi déployées, tenant dans ses serres les foudres, avec la légende : CONSECRATIO.

Matidia était fille de Marciana, sœur de Trajan, et ces deux femmes, dont on n'a pas connu les maris, étaient veuves lorsque Trajan fut adopté par Nerva; mais elles vécurent dans la plus grande intimité avec Plotine, femme de cet empereur, et furent toujours associées à sa gloire.

On voit, en lisant la description et les explications concernant cette pièce, que M. de Caila avait les connaissances les plus étendues en numismatique, et cette aptitude particulière est encore plus facile à constater peut-être dans l'étude qu'il avait consacrée aux deux autres objets qui font partie de la même communication à l'Académie, à savoir : la pierre memphite, ou *focale tenere duro* des Italiens, sur laquelle était gravée, en relief, une tête de Jupiter Sérapis, et la belle Sardoine orientale, où se trouvait représenté, en creux, le trait souvent célébré de la cession de la captive de Carthagène au prince celtibérien, Allucius, par Scipion l'Africain.

Le baron de Caila se montrait ainsi familier à toutes les questions si difficiles de l'art tout particulier de la gravure sur pierre, et sa critique de quelques défectuosités de l'œuvre décrite montre pleinement sa grande compétence en pareille matière.

2. Le second mémoire, consacré à une pièce hébraïque, est relatif à une pièce d'argent qui portait, en caractère

---

([1]) J'ai soumis cette opinion à M. E. Lalanne que l'on doit toujours consulter, à Bordeaux, pour toutes les questions de numismatique, et il m'a fait connaître que les médailles de Matidia sont encore fort rares et valent bien le prix indiqué par de Caila. Il en possède une très belle, qu'il m'a montrée (conversation du 12 octobre 1890).

chaldéen, l'inscription : *Schekel Israël* (sicle d'Israël), et au revers, et dans le champ : *Melech Schelomah* (le roi Salomon), et pour inscription : *Jeruschalaym hakesdoscha* (Jérusalem la Sainte).

Elle avait été rapportée de Palestine par un rabbin qui l'avait donnée à M. Peixoto, de Bordeaux, et M. de Caïla démontrait qu'elle était fausse par une suite d'observations critiques et de raisonnements très remarquables, surtout pour le temps.

3. Les deux pièces de monnaie d'or trouvées dans les fondements d'une vieille maison attenante aux murs du château de Lombrière, en novembre 1803, furent décrites devant l'Académie dans sa séance du 10 août 1808.

Elles étaient assez grossièrement frappées, l'une en France, l'autre en Espagne.

La première, tiers de sou d'or, portait, d'un côté, une tête ornée d'un diadème, avec l'inscription : CHARI-BERTVS REX, et, au revers, un calice à deux anses, avec une petite croix au-dessus, et pour inscription : BANNIACIACO FIIT.

Ce Caribert était fils de Clotaire Ier et avait eu en partage le royaume de Paris. Il avait rassemblé, en 567, un concile à Tours, où il fut décidé que l'eucharistie, que l'on avait conservée jusqu'alors dans des colombes d'or ou dans quelque autre vase, que l'on posait, avec d'autres reliques, sur l'autel, serait désormais placée, dans un vase ou calice, au-dessous de la croix, *sub crucis titulo.*

Il ne s'agissait pas, par conséquent, de Caribert, roi d'Aquitaine, fils de Clotaire II, qui fut enseveli à Blaye, dans l'église Saint-Romain, où M. de Caïla disait *avoir vu* son mausolée, qui a subsisté jusqu'aux dévastations révolutionnaires.

Quant à l'inscription BANNIACIACO, ce serait Bagneux, à deux lieues de Paris, à l'ouest-sud-ouest, où Caribert avait une maison de plaisance ([1]).

FIIT remplacerait FITVR, terme de basse latinité, qui veut dire : *a été fabriqué.*

La pièce espagnole présentait une tête très grossièrement frappée, permettant à peine de reconnaître quelques traits du personnage. Elle était surmontée d'une petite croix et avait pour inscription : RECESVINTHUS REX ; au revers, une croix sur trois degrés, et pour légende : TARRACO PIVS.

C'était donc une pièce de Recesvinde, roi des Goths (653-672), pièce frappée à Tarragone, l'appellation PIVS s'appliquant au roi.

Et M. de Caila faisait ressortir, à bon droit, combien ces deux pièces, presque contemporaines, l'une assez bien gravée, tandis que l'autre était tout à fait barbare, pouvaient servir de terme de comparaison du degré de civilisation de la France et de l'Espagne au même temps.

4. Quant à la pièce celtibérienne, elle a été décrite dans les publications citées de l'Académie Celtique. M. de Caila lut sa notice, assez courte, dans une séance de cette Compagnie (9 juin 1808). Les archives du château de Caila renferment une copie imprimée de cette dissertation.

Il y faisait preuve d'une entente parfaite du sujet, de relations constantes avec les numismates de son temps et de la lecture assidue des ouvrages parus jusqu'alors et qu'il cite.

Il y discutait principalement les caractères des mon-

([1]) M. Lalanne croit, au contraire, et m'a affirmé que c'était chose démontrée que BANACIACO est *Banassac,* comme l'indique le manuel Rovet, *Numismatique moderne,* page 14. Il est également certain que la pièce était de Charibert, roi d'Aquitaine.

naies ayant eu cours anciennement en Espagne; les difficultés d'en interpréter les légendes, attribuées par les uns aux alphabets phéniciens, grecs ou puniques; par d'autres, à la vieille langue des Celtes, et ses citations comprenaient certainement tous les textes des savants qui s'étaient occupés du même sujet, depuis Antoine Augustin, archevêque de Tarragone au xvie siècle, jusqu'à Mahudel, qui avait fait paraître, en 1725, une dissertation sur les monnaies antiques d'Espagne; à l'abbé Audibert, dont le petit imprimé avait paru en 1764, et à Musset, garde des médailles du Cabinet impérial, avec lequel une note de ses archives prouve qu'il échangeait de fréquentes communications pour toutes les questions de numismatique.

L'Académie Celtique s'occupait beaucoup alors de cette question, car le volume de ses publications où se trouve inséré le travail de M. de Caila contient aussi plusieurs mémoires, fort étendus, sur la langue primitive de l'Espagne et sur l'explication de ses plus anciens monuments en suscriptions et en médailles, analysés ou exposés par Éloi Johanneau, secrétaire perpétuel de la Compagnie (¹).

Quant au manuscrit du château de Caila, intitulé : *Histoire du haut et bas empire par les médailles*, il ne comprend pas moins de trente-six pages, et M. Lalanne, auquel je l'ai soumis, le regarde comme un travail qui n'était pas sans valeur au temps de sa rédaction, ce qui doit faire regretter que la belle collection, dont il est l'unique preuve, ait été dispersée ou passée en d'autres mains.

Avec ce manuscrit se trouve un cahier intitulé : *Explication des sujets rappelés dans les empreintes que j'ai tirées des pierres formant la collection de M. Villeneufve-Dudevant.*

(¹) Tome II, page 255; tome IV, page 484 (*Académie Celtique*, 1808).

Cette collection se composait de 331 intailles :

Cornalines	100
Sardoines	78
Jaspes	15
Aigues-marines	2
Péridot	1
Vermeilles	3
Agates	13
Niccolos	39
Jades	20
Lapis-lazuli	4
Chrysoprases	2
Rubis	2
Améthystes	8
Grenats	4
Saphirs	8
Hyacinthes	3
Topaze d'Alençon	1
Cristaux de roche	3
Hématites	8
Calcédoines	8
Émeraudes	9
	331

J'ai aussi consulté M. Lalanne sur la valeur de ce travail et je reproduis textuellement sa réponse :

« M. Édouard Feret, dans sa *Statistique générale du département de la Gironde* (Biographie), mentionne Dudevant-Villeneuve (J.-B.), né à Bordeaux, qui, dans de nombreux voyages, forma une belle collection de pierres gravées; en 1795, il en publia le catalogue, suivi d'une deuxième édition, sous le titre de : *Pierres gravées égyptiennes, étrusques, grecques, romaines et modernes, du cabinet de M. Dudevant-Villeneuve de Bordeaux.*

» Cet ouvrage aurait pu fournir d'utiles renseignements, mais il m'a été impossible de me le procurer, même à la Bibliothèque municipale.

» J.-B. Dudevant-Villeneuve était probablement le frère de Louis-Hyacinthe Dudevant, naturaliste et agronome, membre de l'Académie de Bordeaux; ils devaient être, l'un et l'autre, de la famille dans laquelle entra plus tard Aurore Dupin, le grand écrivain George Sand.

» Ces pierres sont, de la part de M. de Caila, l'objet d'une description et surtout d'appréciations qui prouvent un véritable sentiment artistique, une connaissance étendue de l'antiquité et de la mythologie, une grande érudition.

» D'après lui, peu de ces pierres, douze tout au plus, seraient antiques; une dizaine seraient des copies plus ou moins réussies de l'antique; toutes les autres seraient l'œuvre de graveurs modernes.

» Parmi les antiques, une seule est signée : CNEIVS; deux ou trois portent des initiales : DR et NHM, soit *Nem,* si elle est grecque, comme M. de Caila semble le croire; — dans les modernes, on trouve CERDO (qui pourrait être ancienne) Golone Poici, Le Coldoré, Brown et Guay, graveur du roi Louis XV.

» Toutes les autres sont anonymes; quelques-unes ont peut-être été gravées par Marchand, Pickler, Amastini, Santarelli, Ecrete, Caparoni, Pazalla, de qui on en connaît de fort belles.

» Ces sujets sont, comme toujours, tirés surtout de la mythologie, puis de l'histoire ancienne et de portraits. — Quelques sujets modernes, tels que : cachet de Michel-Ange, tête de Louis XIII, le duc d'Orléans, fils du Régent, buste de Cromwell.

» Les appréciations de M. de Caila sont sévères le plus souvent et toujours motivées; il ne se déclare que bien rarement satisfait et n'a d'admiration que pour un très petit nombre. — Si l'on accepte son opinion, qu'il serait impossible, d'ailleurs, de combattre, la collection de M. Dudevant-Villeneuve était curieuse et intéressante par le nombre et par quelques pièces de choix, mais laissait beaucoup à désirer dans son ensemble. »

2° Sujets littéraires et d'ethnologie.

La seconde catégorie des œuvres de M. de Caila comprend, en dehors d'une foule de notes ayant servi à la préparation de ses nombreux mémoires, des notices qui ont été imprimées; d'autres, qui se trouvent réunies dans le registre de la Bibliothèque; d'autres, enfin, conservées dans les archives de Caila.

Ceux-ci portent les titres suivants :

1° *Recherches sur les mœurs des habitants des landes de Bordeaux, dans la contrée connue sous le nom de captalat de Buch* (1809, t. IV, p. 70);

2° *Notice sur quelques monuments, usages et traditions antiques du département de la Gironde* (t. IV, p. 265).

Et ces travaux offrent un intérêt réel, en ce sens surtout que le sujet était peu connu au commencement du XIXe siècle; les études de ce genre commençaient à peine à être abordées, et l'on n'a pas d'ailleurs ajouté grand'chose, jusqu'à notre temps, à des observations recueillies par une fréquentation prolongée des habitants de nos landes girondines.

Dans son étude sur les usages conservés dans l'étendue de l'ancien captalat de Buch, M. de Caila payait son tribut aux idées très en faveur au commencement du XIXe siècle. On sortait à peine de la Révolution, et l'on s'efforçait de rassembler tous les souvenirs du passé, dont il ne restait que des épaves, après la tourmente.

Les premiers volumes de l'Académie Celtique renferment un grand nombre de mémoires sur les coutumes des anciennes provinces de France : la Bourgogne, la Lorraine, la Sologne, la Normandie et surtout la Bretagne, signés : Dulaure, Girault, Légier, de Saint-Mars, de Musset, Reveillière-Lepaux, Legonidec, et notre antiquaire girondin avait, à l'imitation de ses nouveaux collègues (1), résumé les observations nombreuses qu'il

(1) J'ai rappelé plus haut son admission dans la docte assemblée et la profession de foi de son discours de réception.

avait faites soit dans les landes des environs de La Teste, pays des anciens *Boii,* soit dans la contrée voisine du Médoc.

Il y passait en revue les superstitions persistantes de ces habitants, leur croyance invétérée aux sorciers, aux maléfices, aux loups-garous, au sabbat, aux chasses du roi Artus, aux follets, aux lutins et aux revenants.

Il y racontait les cérémonies des mariages auxquels il avait assisté; celles des deuils, des funérailles; les coutumes perverses du pillage des naufragés, et ses remarques sur l'usage des ouvertures étroites pratiquées dans les piliers ou les murailles de certaines églises, sous le nom de *Veyrines,* à travers lesquelles on faisait passer les personnes atteintes de rhumatismes ou de paralysies, ont encore un cachet de vérité, vérifiés en plusieurs points de la Gironde ([1]).

Il rappelait enfin le curieux usage des échasses, qui ne se retrouve que chez un petit nombre de peuples et qui est encore en honneur dans une grande partie des Landes.

Son deuxième travail avait été entrepris pour répondre à des questions posées par l'Académie Celtique, et il y traitait des monticules, si nombreux dans la même région et nommés *puch, pujoulets,* c'est-à-dire petites hauteurs.

Rappelant les opinions très diverses émises sur ces élévations de terrain, que les Latins nommaient *Aggeres, Cespites, Tumuli.* Il les regardait comme des lieux de sépulture ([2]).

Les vertus de la baguette divinatoire, dont les frémis-

([1]) Voir publications de la Société Archéologique de Bordeaux.

([2]) Jouannet a repris, plus tard, l'examen de cette question, mais sans citer M. de Caila, ainsi que bien d'autres auteurs plus modernes, surpris du nombre quelquefois considérable de ces petits tertres en plusieurs points du Médoc. J'en ai compté plusieurs centaines entre Saint-Laurent et Castelnau.

sements indiquaient l'existence des sources, s'y trouvent citées, ainsi que le don de l'enfant mâle, n'ayant pas connu son père, pour fondre les loupes, en les touchant pendant trois matinées de suite, étant à jeun, et en récitant quelques prières.

Il rappelait aussi le privilège du cinquième des enfants mâles, venus successivement au monde, pour guérir les maux de rate ([1]).

L'origine des colons appelés à combler les vides que la peste avait faits en 1524 dans une portion de la Gironde, et qui sont restés honnis sous le nom de *Gavaches*; le pèlerinage de Verdelais; la foire des aveugles de Bernos, en Médoc, où les marchés ne se faisaient qu'au flambeau et le verre en main; les merveilles du bâton de saint Roch, dont les Grands Carmes vendirent chèrement la garde tous les ans, jusqu'à la défense de Mgr de Cicé, archevêque de Bordeaux en 1775; l'histoire du Dragon de Bordeaux, de sa légende, et de l'efficacité de la verge de saint Martial contre la sécheresse, s'y trouvent détaillés.

Et bien des auteurs ont fait allusion, depuis, aux mêmes coutumes, aux mêmes croyances, dont la collection et l'exposition sont devenues très à la mode dans ces dernières années.

M. de Caila fournissait ainsi la preuve d'une activité intellectuelle de tous les instants, en abordant tous les sujets d'actualité et en apportant, dès cette époque, dans leur solution, l'esprit d'observation critique que les modernes exigent à bon droit dans l'examen des études d'ethnographie.

Ce n'est que justice de le constater.

([1]) En Saintonge, le septième garçon guérit aussi les écrouelles.

B. — Registre de la Bibliothèque de Bordeaux.

Parmi les notes du registre si souvent cité, se trouvent, sous les n°ˢ 6 et 8 :

1° La *Traduction de quelques poésies fugitives de Buchanan,* d'après le recueil de ses œuvres (édition de Saumur de 1621);

2° Les *Recherches sur les formalités du mariage chez les peuples anciens et modernes.*

Le premier travail fut lu dans une séance publique de l'Académie le 3 août 1804. Il comprend d'abord une courte biographie du singulier personnage qui, né en Écosse en 1506, et d'abord moine, fut appelé, comme professeur au collège de Guyenne, à Bordeaux, en 1533, par Govea, et qui, après la vie la plus agitée, tantôt en prison, tantôt chargé de l'éducation de Jacques VI, roi d'Écosse, finit par mourir, athée, à Édimbourg, en 1582, à l'âge de soixante-seize ans.

Parmi ses poésies, M. de Caila avait choisi une *Silve* poétique, adressée par les écoles de Bordeaux à l'empereur Charles-Quint, lors de son entrée publique dans cette ville en 1539; une adresse à la jeunesse bordelaise et quelques épigrammes.

Je ne donnerai ici que deux de ces pièces : la *Silve,* à Charles-Quint, n'offrant aucun autre intérêt que celui de l'occasion de sa composition, ne relevant aucun fait particulier et se bornant aux louanges hyperboliques, très en usage alors... comme aujourd'hui, quand on parle aux chefs de l'État.

L'adresse à la jeunesse bordelaise est plus naturelle; la voici :

« Jeunesse bordelaise, la terre que vous habitez a produit de grands hommes : le riant Bacchus y a pris naissance, la déesse des fruits lui prodigue ses dons, et Minerve, abandonnant Athènes, en a fait son séjour. Que les rudes travaux de la guerre, la splendeur de votre antique cité vous décorent et vous illustrent! Vous essaierez en vain de transmettre ces avantages à la postérité, si vous ne cultivez pas avec constance les doctes sœurs et les beaux-arts. Ce ne seront point des colonnes imposantes de marbre de Paros, ou l'ivoire animé par Phidias, ou le bronze sorti des mains de Miron qui pourront immortaliser votre nom... une mort rapide anéantira vos longs travaux, fera disparaître vos titres brillants et vos richesses. La dent viciée de la lente vieillesse divisera les rochers, tandis que la superbe ville de Priam, détruite et renversée par l'implacable Junon et par le dieu du Feu, son fils, oubliera ses malheurs en se rappelant qu'ils ont fait le sujet du poème immortel d'Homère. Ne doutons pas que Troie n'aime mieux survivre ainsi à ses ruines que de donner la loi à toute la partie de l'Orient que l'on découvre de la cime glacée du mont Rhodope jusqu'aux extrémités des noires Indes. Les monuments élevés par d'illustres poètes ne reconnaissent pas l'empire du sévère Destin. Eux seuls bravent le Phlégéthon et les lois de l'orgueilleux Pluton. »

Quant à l'épigramme concernant Innocent de La Fontaine, avocat et l'un des jurats de Bordeaux, qui maniait agréablement la poésie latine, elle est sur un tout autre ton :

« Fontaine naquit le jour des Innocents et fut baptisé sous le nom d'Innocent. Député à Paris par ses concitoyens, il fixa sa demeure dans la paroisse des Innocents. Il y mourut le jour de la fête des Innocents, et fut enseveli dans l'église et près de la fontaine des Innocents, après avoir mené une vie innocente et sans tache. Il habite le ciel avec les âmes innocentes (1). »

C'est la seule fois, je crois, que le baron de Caila se soit livré à ces boutades purement littéraires, tout à fait

(1) Épig., l. II, p. 332, édit. elzévirienne de Leyde, 1628 (CIƆ IƆCXXVIII) :

Innocentio Fontano
Burdig. poeta et causidico.

de circonstance ou de rite dans les séances publiques auxquelles il était appelé sans cesse à prendre part, et son étude sur les formalités du mariage chez les différents peuples est autrement sérieuse.

Il y faisait preuve de lectures nombreuses, d'une analyse sagace et de fines remarques, qui ont conservé à sa dissertation un cachet scientifique spécial. Elle ne déparerait pas certainement les études ethnographiques actuelles et ne comprend pas moins de 18 pages in-f° serrées, ce qui s'oppose absolument à toute reproduction ici.

C. — Archives du château de Caila.

Parmi les travaux de même genre conservés à Caila doivent être rangés :

1° Les notes diverses sur différents sujets curieux, tels que : Homère, les Ménades, le Pirée, etc., etc.;

2° Les neuf cahiers de renseignements sur l'histoire de France, et surtout sur celle de Guyenne.

On est vraiment surpris, en constatant la masse énorme de documents recueillis et annotés à ce sujet, du travail immense, incessant, absolument scientifique, dont cette collection de faits est la preuve la plus irrécusable.

M. de Caila était un savant, dans toute l'acception du mot. Il recherchait tout ce qui pouvait se rattacher aux sujets qu'il voulait traiter. Son érudition était considérable, constamment tenue en éveil, et j'avoue, pour ma part, ne pouvoir citer un seul de ses contemporains, surtout à Bordeaux, ayant plus de mérite comme antiquaire, historien et archéologue.

Nous allons prouver notre affirmation en ce qui concerne cette dernière qualité.

3° **Archéologie et histoire générale.**

A ce titre, les mémoires abondent ; ce sont, dans le régistre :

1° Observations sur la topographie de Bordeaux ;

2° Recherches sur les anciennes limites du territoire des Bituriges Vivisques ;

3° Dissertation sur deux passages de la *Chronique bordelaise ;*

Et des monographies :

4° Sur la ville de Castillon et sur le château de Michel Montaigne ;

5° Dissertation sur Casseneuil ;

6° Notes sur la petite ville de La Réole,

Auxquelles il faut ajouter, d'après les archives de Caila :

7° Journal des monuments de Périgueux ;

8° Notes sur le château d'Amboise ;

9° Séjour des Wisigoths à Bordeaux ;

10° Notes sur Condat et Fronsac, près de Libourne ;

11° Le château d'Ornon ;

12° Recherches sur Clément V.

A. — Documents du régistre.

1° L'essai sur la topographie de Bordeaux (¹) fut lu dans la séance publique de l'Académie le 15 septembre 1807, et tendait à démontrer, par une étude très complète des textes de Strabon, Ausone, saint Paulin, Vinet, dom Devienne, etc., que les environs de Bordeaux, célèbres autrefois par la douceur de leur climat, *clementia cœli mitis,* n'étaient devenus marécageux et pesti-

(¹) N° 18.

lentiels que par l'exhaussement du sol, occasionné par le comblement du port Navigère et par les rétrécissements du Peugue et de la Devèse, exhaussement du sol et du littoral du fleuve, dont le résultat avait été la formation des marais que François de Sourdis avait, le premier, tenté de faire dessécher et assainir.

Cette opinion, étayée de preuves historiques et topographiques, a été reproduite bien des fois depuis par Jouannet, Sansas et plusieurs modernes, mais sans qu'un seul argument nouveau ait été apporté à son appui.

2° Je ferai la même remarque pour la notice sur l'étendue du territoire des Bituriges Vivisques [1], au sujet de laquelle M. de Caila avait rappelé tous les textes anciens relatifs à cette peuplade, et il arrivait à conclure que ce territoire s'étendait, sur la rive gauche de la Garonne-Gironde, de Langon à Soulac, et qu'il s'était accru, sous Auguste, sur la rive droite, de manière à englober les pays de Fronsac, Libourne, Bourg, Blaye, d'Entre-Dordogne, d'Entre-deux-Mers et de Benauge.

Il faisait remarquer que ces limites pouvaient encore être reconnues par les divisions du diocèse de Bordeaux, figurées sur une carte du xvie siècle qu'il avait consultée à l'archevêché, mais qui avait été détruite à la Révolution, et l'on n'a fait que reprendre, plus tard, la même thèse de la substitution, presque identique, de l'organisation religieuse en archiprêtrés aux subdivisions administratives du monde romain.

Or cette succession, que rien n'a altérée depuis le triomphe complet du christianisme, fut très bien exposée par le baron de Caila le 2 mars 1815, d'après des recherches imitées de celles qui avaient été couronnées, en juillet 1812, par l'Académie des Inscriptions et Belles-Lettres de Tou-

[1] N° 25.

louse, à l'occasion des limites du territoire des Volces Tectosages, premiers habitants connus de cette ville.

3° M. de Caila était revenu sur une partie du même sujet, le 23 mars 1809, dans une *dissertation* sur deux passages de la *Chronique bordelaise* de La Colonie, en montrant d'abord l'absence de documents sur Bordeaux dans les *Commentaires de César*, le peu de données historiques sur les premiers temps de cette ville et les erreurs qui se trouvent dans la plupart des auteurs, au sujet de son histoire pendant les premiers siècles de l'ère chrétienne. Et il ajoutait que dom Carrière, appelé par l'ordre de ses supérieurs à corriger les inexactitudes de dom Devienne, aurait, sans aucun doute, rempli très avantageusement cette mission sans l'autodafé que firent des notes qu'il avait recueillies ceux mêmes auxquels il les avait confiées *dans ces temps où tout faisait ombrage*.

Le premier passage discuté est celui qui est relatif à la domination des Wisigoths à Bordeaux et aux persécutions religieuses qui eurent lieu vers cette époque.

La *Chronique* en fixait la date au règne d'Ataulphe (418), auquel Honorius aurait donné la Guyenne, tandis que ce roi était entré à Bordeaux dès 413, et ne vivait plus en 415; il était mort cette année-là.

La cession de la seconde Aquitaine ne fut faite du reste qu'en 419 à Wallia, successeur d'Ataulphe.

Quant à la persécution des catholiques orthodoxes par les Goths ariens, le témoignage de Sidoine Apollinaire pourrait porter à penser qu'elle fut bien moins sanglante qu'on ne l'a prétendu et n'eut lieu que sous Euric ou Évaric, c'est-à-dire vers 456 ou 474, et ce roi mourut en 484.

Le second passage controversé est relatif aux suites

de la victoire de Vouillé et à une seconde bataille de Clovis au *camp arrian*, près Bordeaux.

Baurein avait émis déjà des doutes sur la réalité de ce second combat, que Mézeray avait cité, ainsi que de Lurbe, mais sans preuves, et M. de Caila avait repris la question, et en s'étayant d'Aimoin, qui a gardé complètement le silence sur ce second fait d'armes, et en faisant observer que M. de La Colonie en rapportait les détails avec un tel luxe de détails, qu'on aurait pu croire qu'il en eût été le témoin. « On croirait lire, dit-il, la description romanesque du siège de Rhodes par l'abbé de Vertot. »

Tel est l'esprit de saine critique dans lequel Caila rédigeait tous ses mémoires, consultant et rappelant tous les textes originaux, prodiguant les renvois exacts aux livres cités, sachant rendre hommage à tous les travaux de ses contemporains, principalement à ceux du laborieux abbé Baurein, qu'il ne se lasse pas de nommer, et l'on retrouve ces qualités du véritable historien dans toutes ses monographies locales.

4° Celle sur la ville et les environs de Castillon est même très remarquable par ce caractère de précision. Elle comprend toute l'histoire de cette petite ville, depuis l'invasion sarrasine d'Abdérame, en 731, d'après saint Isidore de Séville, jusqu'à la bataille de 1453, dont le résultat fut la délivrance définitive du sol français, occupé depuis trois cents ans par les Anglais.

M. de Caila avait fait, sur ce terrain même, une longue étude des textes des historiens qui ont rappelé ces faits d'armes, et l'on retrouve la même érudition dans une étude, lue dans la même séance publique du 20 avril 1807, sur le château qu'avait habité Montaigne et où il était né.

5° C'est un sujet qui a tenté une foule d'archéologues et d'historiens : Jouannet, Marionneau, sans citation le plus souvent des relations précédentes, et l'on ferait certainement une curieuse dissertation sur les phases par lesquelles a passé la demeure de l'auteur des *Essais* et sur les impressions des visiteurs qui ont cru devoir y faire un pèlerinage[1].

Je la signale aux chercheurs en rappelant que M. de Caila est certainement le premier en date, ainsi que le prouve l'époque de sa lecture dans la séance publique de l'Académie.

6° Son mémoire sur Cassinogilum, Cassolium, Chasseneuil ou Casseuil, qui porte n° 21 du registre municipal et la date du 25 juin 1812, offre le même caractère.

Il est remarquable d'érudition, et c'est après un examen attentif et comparatif des textes d'Aimoin, de Mabillon, de Danville, d'André Duchesne, des auteurs de *Gallia christiana* et des géographes et historiens, etc., et par un long examen de la localité, où il s'était entouré des savants de la région : MM. de Marcellus, de Pichard, Dumoulin, Menou, Lamouroux, qu'il arrivait à cette conclusion que l'ancienne demeure de Charlemagne, où était né Louis le Débonnaire, devait être placée non à Casseneuil, sur le Lot, mais à Casseneuil-Casseuil, situé au confluent du Drot et de la Garonne[2].

___

[1] Le mémoire très artistement illustré de mon collègue à l'Académie, Ch. Marionneau (Bordeaux, Moquet, 1885) est un modèle du genre et doit être absolument consulté sur la question.

[2] Le nombre des dissertations sur ce point est considérable. Boudon de Saint-Amans, membre correspondant de l'Académie, avait déjà fixé Cassinogila de Charlemagne à Casseneuil d'Agen, opinion reprise et défendue plus tard par l'abbé Barrère et M. Pourpory au Congrès de Bordeaux de 1861, tandis que Grellet-Balguerie a écrit mémoires sur mémoires en faveur de Caudrot. (*Congrès*, t. II, p. 371, 1862.)

Jouannet, Éloge de Saint-Amans. (*Actes de l'Acad.*, 1832).

7° La note sur la petite ville de La Réole date de la même époque. Elle fut lue dans la séance du 20 mai 1813, et l'auteur indique nettement, en la terminant, qu'elle faisait partie des documents qu'il avait rassemblés sur les villes de la Gironde, dans le but de réaliser le projet qu'il avait caressé d'écrire l'histoire complète du département.

Elle résume tous les faits de l'existence de l'antique *Squirs,* devenue *Regula* à la suite des difficultés qu'Abbon, abbé de Fleury-sur-Loire, eut à établir la régularité dans le monastère donné par Xans, comte de Bordeaux, duc de Gascogne, et son frère Gombaud, évêque de Bazas, vers 977.

M. de Caila passait en revue tous les historiens jusqu'à la fin du XVIII° siècle, rappelant, au sujet d'Abbon, la lutte de saint Bernard contre les chanoines de Saint-André de Bordeaux en 1145, d'après un registre très curieux du chapitre de cette église, registre qui existait encore à la Révolution.

C'est une étude qu'on peut citer comme un modèle de précision et d'exactitude.

B. — Archives de Caila.

Et il en est ainsi de plusieurs des travaux inédits conservés au château de Caila, bien qu'ils soient de moindre importance.

Les notes sur Périgueux, Amboise et Rions sont, en effet, très sommaires.

Celles sur Clément V se bornent à une collection de documents classés pour une mise en œuvre dont nous n'avons pas retrouvé la trace, mais qui aurait eu, sans aucun doute, de grandes proportions.

Le mémoire sur Condat, district de Libourne, et sur Fronsac, est, au contraire, achevé, mais de peu d'étendue. Il n'offre rien de saillant, non plus que celui sur Rions.

Le travail sur le comté d'Ornon et son château est également complet, et retrace des faits, souvent rappelés depuis, sur cette seigneurie, vendue par l'évêque de Bath, devenu archevêque d'York, à la Ville de Bordeaux, qui mit, dès lors, au chef de ses armes la couronne comtale conservée de nos jours.

Un détail moins connu, certainement, c'est que cette vente eut lieu pour la somme de 1,500 marcs sterling, monnaie d'Angleterre, de bon or et de bon poids (est-il dit dans le contrat), plus dix tonneaux de bon vin, rendus à bord du navire qui devait les emporter en Angleterre. L'acte est du 20 septembre 1409.

4° Archéologie bordelaise.

C'est dans ces études spéciales que M. de Caila prouve l'étendue de ses recherches, sa pénétration d'analyste et cette sage réserve que M. de Lamothe et M. Jullian lui ont si justement reconnues.

Pas un fait contemporain n'est oublié dans les notes successives qu'il communiquait à la Société des Sciences, Belles-Lettres et Arts (Académie), et je regrette vivement de ne pouvoir que signaler, pour ainsi dire, ici, les mémoires qu'il avait rédigés et qui sont marqués au coin d'une véritable science et d'un incontestable bon sens, qualités si indispensables et si rares en pareille matière.

Suivant l'ordre déjà adopté, nous nous occuperons d'abord du registre de la Bibliothèque de Bordeaux.

Il contient seize dissertations :

I. — La première qui s'y trouve conservée est, dans l'ordre chronologique des lectures à l'Académie, un rapport sur le mémoire présenté par M. Mazois fils et intitulé : *Essai historique sur l'amphithéâtre de Bordeaux, vulgairement appelé le Palais Gallien* (5 avril 1803).

M. de Caila y combat l'attribution de ce monument à Posthume et montre que tout s'accorde, au contraire, à faire admettre qu'il fut commencé sous le règne de Gallien et qu'il resta inachevé sous ses successeurs. C'est la conclusion d'un grand nombre de mémoires et principalement celle que M. Ch. Durand a présentée en 1890 devant l'Académie, qui regrette sa mort subite au moment où il travaillait à la restauration du vieux monument romain.

II. — La dissertation sur une figurine trouvée à Villefranche, près de Mussidan, en 1797, fut lue dans une séance académique publique, le 2 septembre 1803.

Cette figurine représentait Mercure, et de Caila a écrit à son sujet une note qui résume à merveille non seulement ce que les anciens ont dit de ce dieu, mais encore tout ce qui se rattache aux statues colossales ou aux statuettes, très nombreuses, qui lui furent consacrées, en Gaule particulièrement.

Cette note est, du reste, accompagnée d'un dessin, gravé très probablement par Lacour et portant de la main du baron la note manuscrite : *Ex museo Petri baronis de Caila Burdigalensis.* Ce dessin a été donné également par Grivaud de La Vincelle, et j'ai eu l'occasion déjà de faire remarquer dans un autre travail (^{1}) que cet antiquaire avait commis deux erreurs dans son ouvrage, en déclarant d'abord que la statuette avait été trouvée à Bordeaux, puis en ajoutant qu'elle n'avait été le sujet d'aucun mémoire de M. de Caila.

III. — La troisième note est également accompagnée de deux planches donnant, dans leurs dimensions exactes, la figure de deux vases allongés, en verre, dits *Lagènes,* trouvés, au mois d'avril 1791, dans un tombeau, à vingt-deux pieds de profondeur, dans le cimetière de Saint-Seurin de Bordeaux.

Elle est du 13 août 1803 et comprend une discussion remarquable de l'expression *vase lacrymatoire,* improprement attribuée à tant de récipients destinés à contenir plutôt les huiles, essences ou parfums usités dans les cérémonies funèbres des anciens.

IV. — L'intérêt du quatrième travail est tout aussi grand. Il a pour sujet un bloc de pierre exhumé du sol de la maison Faget, du quartier Puy-Paulin, et dans la direction du mur de la première enceinte de Bordeaux. Il fut lu le 24 février 1804, et il renferme une description soignée des bas-reliefs conservés depuis au Musée et représentant Léda et le cygne divin, Jupiter et Gany-mède, Junon et son paon, sculptures de l'époque des Antonins.

Ce bloc avait été trouvé avec d'autres sculptures moins intéressantes et une pierre tumulaire, cippe de *Græcina Blanda,* dédié par un mari douloureusement affecté. M. de Caila saisissait cette occasion de résumer toutes les causes de destruction des temples et édifices romains

(^{1}) La statuette d'argent trouvée à Bordeaux et conservée à la Bibliothèque nationale de Paris comme représentant Sophocle. (*Société Archéologique,* t. XIII, p. 83.)

depuis le triomphe du christianisme jusqu'aux ravages des Normands, rappelant le verset ajouté aux Litanies : *A furore Normanorum libera nos,* qui vient d'être l'objet d'une note très érudite de M. Léopold Delisle ([1]).

Jouannet a repris la même description en 1829 ([2]) et dans les mêmes termes que de Caila, mais sans le nommer, et il avait déjà parlé des mêmes bas-reliefs dans le *Musée d'Aquitaine,* en octobre 1823, page 169, avec trois gravures de Lacour, mais sans faire la moindre allusion au mémoire de Caila, conservé *in extenso* dans le registre de la Bibliothèque et indiqué dans l'*Explication des antiques du Musée.* Or, il ne pouvait ignorer l'existence de ce document.

Jouannet proposait seulement la fable de Jupiter et de Némésis au lieu de celle du chef de l'Olympe et de Léda, qui n'était que la nourrice d'Hélène au lieu d'en être la mère, selon Pausanias (l. I, c. 33).

V. — C'est quelques mois après, le 16 novembre 1814, que fut lu par notre auteur le rapport dont il avait été

([1]) M. Léopold Delisle déclare n'avoir point remarqué ces mots dans les Litanies de l'époque carlovingienne, qu'il a eu occasion d'examiner, mais qu'un antiphonaire de la fin du XIe siècle, peut-être du commencement du Xe, contenait une prière qui en est l'équivalent et qui est ainsi conçue :

« Summa pia grata nostra conservando corpora et custodita, de gente » fera Normanica nos libera, quæ nostra vastat, Deus, Regna, senum » jugulat et juvenum ac Virginum puerorum quoque catervam. Repelle, » precamus, cuncta a nobis mala. »

Cette pièce, accompagnée d'une notation neumatique, a été ajoutée sur le fo 24 du manuscrit latin 17436 de la Bibliothèque nationale et signalée par l'éminent président de la section d'histoire et de philologie du Comité des travaux historiques et scientifiques, dans sa publication intitulée : *Littérature latine et histoire du moyen âge* (instructions adressées aux correspondants du ministère de l'instruction publique et des beaux-arts, 1890, p. 17).

([2]) Page 179, *Actes de l'Académie :* Dissertation sur quelques antiquités découvertes à Bordeaux en 1828, petite rue de l'Intendance (séance du 14 mai 1829). Inscription année 1803.

chargé, au nom de la Commission permanente des recherches et conservation des monuments antiques, sur les
tombeaux découverts à Saint-Médard-d'Eyrans, au mois
d'octobre de la même année.

Nous avons déjà signalé ce travail et nous n'y reviendrons point, si ce n'est pour répéter que les deux mémoires de Caila et de Lacour, réunis sous le n° 14 du
registre, sont très différents du texte imprimé en 1806.

VI. — Le 26 avril 1805, fut lue une note sur un charnier, découvert, le 23 mars précédent, en dépavant le
revers du fossé de la chaussée des fossés de la ville
situés entre la rue Saint-James et celle du Cabernan, à
droite, en venant de Saint-Éloi, à quatre mètres nord du
premier arbre qui existait alors en ce point.

Ce charnier avait fait partie anciennement du prieuré
de Saint-James, dont l'église, située rue du Mirail, avait
été transformée en salle de spectacle sous la Révolution,
et de Caila a écrit sur la fondation et l'histoire de ce
prieuré jusqu'à sa donation aux Jésuites par Charles IX,
une dissertation des plus érudites, appuyée de textes
précis qu'il serait fort intéressant de publier in extenso,
comme se rattachant à l'ancienne topographie de cette
partie de Bordeaux.

Le charnier n'offrait, par lui-même, d'autre intérêt
archéologique que la réunion, évidemment intentionnelle,
d'un très grand nombre de crânes placés les uns à côté
des autres, dans le plus grand ordre, sur la corniche de
l'édifice, tous tournés vers son centre. Aucune inscription, du reste, n'existait sur les murs; on ne trouva
même, en dehors des ossements, que le goulot d'une
fiole, qui devait contenir, vraisemblablement, de l'eau
bénite.

Cette accumulation de crânes et l'ordre dans lequel ils

étaient disposés, pouvaient rappeler ce que j'ai constaté en plusieurs localités de Bretagne, où sont encore conservées des séries considérables de têtes, dites *chefs,* soit dans les églises, près du chœur, soit dans des charniers isolés, mais souvent avec l'inscription du nom du mort et de la date du décès.

VII. — La dissertation suivante, du 14 juin 1805, est tout aussi remarquable par l'érudition, mais témoigne aussi de l'influence de l'opinion, alors régnante, en archéologie, qui faisait attribuer bon nombre de monuments ou de sculptures grossières d'édifices à des temples païens, sur les fondements desquels auraient été élevées des églises chrétiennes.

Elle est intitulée : *Recherches sur Vernemetis,* temple signalé par Fortunat et dont la situation près du Bordeaux ancien est et restera probablement un problème insoluble, malgré les recherches d'une foule d'auteurs.

M. de Caila avait cru reconnaître des restes de ce temple dans l'église de Sainte-Croix, principalement dans certains détails de la façade de cette église, l'une des plus anciennes de la région, et beaucoup d'autres écrivains ont avancé, du reste, qu'il existait en ce lieu un temple de Cybèle, mais les raisons invoquées par les tenants de cette hypothèse ne sont point admises. Elles ont été spécialement discutées au Congrès scientifique de Bordeaux en 1861, et Jouannet a démontré qu'elles ne reposaient sur aucune donnée historique ou artistique en écrivant dans ses articles sur Sainte-Croix, du *Musée d'Aquitaine* (mai 1824, p. 219) :

« Nous ignorons si le paganisme eut jamais un temple » sur le sol que Sainte-Croix occupe aujourd'hui, mais il » n'en reste aucun vestige reconnaissable. »

Nul autre auteur avant Brower, le commentateur de

Fortunat, n'avait d'ailleurs placé dans le voisinage de Bordeaux ce temple de *Vernemetis*, dont l'existence ne repose que sur le vers de l'évêque célèbre de Poitiers (1) :

Quod quasi fanum ingens Gallica lingua refert.

M. de Caila pouvait donc errer avec bien d'autres, et spécialement Dom Devienne, en pareille matière, puisque la cause est encore pendante, et la première phrase de son travail indique même qu'il se rendait parfaitement compte qu'on ne pouvait se livrer sur ce sujet qu'à des conjectures, puisqu'il disait que c'était encore un *problème*.

VIII. — La même réserve se retrouve dans une note sur les temples de Jupiter et de Diane, que la tradition plaçait à Bordeaux, sur le Mont-Judaïque ou sur les hauteurs de Puy-Paulin et dans le point où se trouvait l'église Sainte-Colombe, qui, écroulée le 20 novembre 1687, n'a pas été rebâtie.

Cette communication (n° 10 du registre) date du 15 juillet 1805 et renferme, comme toutes les autres, des renseignements archéologiques précieux pour la découverte des marbres, statues et fragments d'antiques, dont plusieurs ont pris place, depuis ce temps, dans les salles de notre Musée, spécialement la belle statue de marbre blanc qui est placée sur le premier palier de l'escalier de ce Musée, et qui a été attribuée à tant de personnages ou de déesses qu'on a quelque peine à se reconnaître dans ce texte d'interprétations des antiques trouvé en 1784 rue des Glacières, n° 2.

IX. — M. de Caila lut ensuite, le 24 août 1805, dans une assemblée publique de l'Académie, sa dissertation

(1) Livre I, n° 9.

sur l'autel antique, dont la conservation est, selon son expression, du plus grand intérêt aux Bordelais, puisque c'est le monument qui fixe avec le plus d'authenticité leur origine et leur date d'apparition dans l'histoire.

Cet autel, qui a occupé, depuis des siècles, tous les antiquaires, tous les savants, tous les érudits, a été signalé, la première fois, par Appien, qui fit imprimer son ouvrage en 1534. Il porte la dédicace, bien souvent rappelée :

AVGVSTO SACRVM
ET GENIO CIVITATIS
BIT. VIV.

*Consacré à Auguste et au Génie de la cité
des Bituriges Vivisques.*

Il remonte, par conséquent, au règne du neveu de Jules César, reconnu empereur, de 725 à 765, de Rome.

D'autres ont écrit l'histoire de cette importante relique de l'antiquité bordelaise, principalement M. Jullian, ce qui nous permet de n'insister que sur le fait même de la date du travail de M. de Caila et de la précision avec laquelle il avait fait observer l'importance de ce monument et de tout ce qui peut se rattacher à lui.

X. — M. de Caila n'hésitait pas à reconnaître, après discussion de plusieurs textes, que l'autel d'Auguste et du Génie de la cité des Bituriges Vivisques devait être primitivement placé sur l'aire du temple antique connu sous le nom de *Tutelle*. Et le 12 juin 1806, il lisait encore, dans une assemblée publique, la dissertation qu'il avait communiquée à l'Académie le 13 mars précédent, sur les Piliers ou temple de Tutelle, divinité protectrice des premiers habitants connus de Bordeaux.

Vinet avait cru que ce temple était consacré à la déesse Tutéline; Priésac, à Hercule; D'Arerac, Dalesme,

Labrouste, Dom Devienne et l'auteur des *Antiquités bordelaises,* à Auguste et au Génie de la cité, se fondant sur l'autel qui se trouvait dans le temple. Fonteneil pensait que c'était l'ancien Prétoire de Bordeaux; Venuti, un temple dédié aux dieux tutélaires de cette ville; Baurein, un temple à Neptune.

De Caila discutait chacune de ces opinions, décrivait le monument d'après le procès-verbal des ingénieurs chargés de l'exécution de l'ordre de destruction du 1ᵉʳ février 1677, pour former les plans du château Trompette, *procès-verbal qu'il avait sous les yeux en écrivant sa notice.*

Il rappelait les découvertes consignées par l'architecte Duffard dans son journal de construction des fondements du Grand-Théâtre de Bordeaux, en mars 1773 *(journal très exact qui lui avait été communiqué),* et concluait, d'après ces documents officiels et précis, à l'attribution qui lui est généralement reconnue.

XI. — Sa notice sur l'autel de Lauzun se rattache à la précédente et fut lue le 26 février 1807. Il y traitait du monument dont l'existence avait été signalée à Appien, qui avait indiqué sa provenance des Piliers de Tutelle de Bordeaux et son transport à Tonneins.

M. de Caila a décrit les tentatives infructueuses de Venuti pour retrouver cet autel votif, d'un seul bloc de marbre blanc, qui fut découvert en 1790, par M. de Saint-Amans, dans le château de Lauzun, et dessiné et gravé en 1792 par les soins de cet académicien de Bordeaux.

Sa note est précieuse pour l'histoire du monument, pour celle des incidents de son transfert à Lauzun, et surtout pour les conclusions qu'on peut tirer de sa dédicace à Auguste par un citoyen, avec l'autorisation des décurions de Bordeaux, magistrats dont le rôle considérable atteste l'importance de cette ville dès cette époque.

Cette dissertation avait été analysée, du reste, avec soin tome V du *Bulletin polymathique*, et M. Jullian a noté ce dernier travail dans sa remarquable étude critique et bibliographique sur ce même monument ([1]); mais la dissertation du registré est certainement plus complète que l'article du *Bulletin polymathique* cité.

XII. — Dans l'ordre chronologique que j'ai toujours suivi jusqu'à présent et qui montre si bien que notre antiquaire était des plus zélés et des plus recherchés, puisqu'il était appelé à parler, au nom de l'Académie, dans toutes ses séances solennelles et publiques, j'ai omis deux mémoires publiés avant celui de l'autel de Lauzun :

Le premier, du 24 juillet 1806, a pour sujet l'examen d'un instrument antique trouvé dans la paroisse de Pauillac en mars 1803 (n° 14 du registre);

Le second, du 28 août 1806, est consacré à une petite statue trouvée en 1786 en creusant les fondements d'une maison située à l'entrée de la rue Sainte-Catherine, près de l'endroit où était anciennement la porte Médoc (n° 15 du registre).

Mais j'ai déjà publié le premier *in extenso* dans les *Actes de la Société Archéologique de Bordeaux* (t. XIV, p. 889, p. 17), d'après une copie des registres de l'Académie de Bordeaux, collationnée avec le manuscrit conservé au château de Caila, et j'ai fait remarquer alors que M. de Caila avait été le véritable pionnier des recherches sur l'âge du bronze en France et même en Europe, plus de cinquante ans avant que les études préhistoriques eussent attiré l'attention des savants sur les restes de l'outillage humain de nos premières civilisations; je n'ai donc pas à y revenir ici.

([1]) Tome I, p. 166 et suiv.

XIII. — Le second mémoire a pour sujet la figurine d'une femme assise dans une chaise à dos tissue en jonc ou en osier et tenant deux petits enfants encore enveloppés de langes. M. de Caila l'avait recueillie dans son cabinet, et c'était sans doute la principale ou la plus curieuse des petites figurines en terre de pipe ayant six pouces de haut que l'on avait trouvées au même lieu avec des débris de tour de potier.

Il l'avait étudiée avec soin après avoir consulté Montfaucon; Bon, premier président de la cour des Aydes de Montpellier, qui possédait une statuette de même genre provenant d'Arles; Dom Martin, Simon Pelloutier, et il concluait à une représentation de *Venus infera,* que les Gaulois plaçaient dans les tombeaux.

Il terminait d'ailleurs sa notice par cette remarque, qui confirme ce que j'avançais, un peu plus haut, de son zèle pour l'Académie et l'archéologie locale :

« Je me plais ainsi à choisir les sujets de presque
» toutes mes dissertations parmi ceux que le temps a
» conservés autour de nous ou que les découvertes jour-
» nalières dans notre propre sol peuvent nous offrir.
» C'est, si je ne me trompe, un moyen sûr de mériter
» votre attention. »

M. de Caila fut assez souvent absent de Bordeaux après 1805, et le registre dont j'analyse les notices ne contient plus que deux mémoires, après ceux que je viens d'énumérer :

L'un du 20 août 1812, sur la porte Dijeaux, n° 22;

L'autre du 5 mai 1815, sur la formule *sub ascia dedicavit* ou *dedicaverunt,* n° 26, entre lesquels se place un rapport sur une figurine trouvée, au mois d'avril 1813, dans les cloîtres Saint-André de Bordeaux. Celui-ci fut lu dans la séance du 18 juin 1813, mais il n'existe pas dans le registre cité, où son n° 24 est seul indiqué à sa place.

XIV. — La dissertation sur la porte Dijeaux et surtout sur l'origine de son nom est l'une des plus originales des notices de M. de Caila. On croyait généralement, avant lui, que cette porte rappelait le nom de Jupiter, *porta Jovis*, opinion adoptée par de Lurbe et bien d'autres.

Baurein, que ne manque jamais de louer notre auteur et qu'il nomme ici « *le Lebœuf de l'Académie de Bordeaux*, » laborieux antiquaire, dont on appréciera de plus en plus » les travaux et les recherches, » pensait, au contraire, que ce nom devait être traduit *porte des Juifs*.

Et de Caila rappelle que le savant abbé avait, le *premier*, réveillé la question (agitée en 1594 par de Lurbe) dans un discours prononcé, le 25 août 1773, dans une séance publique de l'Académie, en s'appuyant surtout sur des lettres patentes d'Édouard Ier, roi d'Angleterre, en date de 1281, en faveur des juifs, qui, d'après Baurein, se fixèrent dans le faubourg Saint-Seurin vers 1275.

Mais notre auteur apportait un titre bien plus ancien à l'appui de la même thèse, à savoir un acte de 1075, portant donation à l'abbaye de La Sauve par Sanx, chanoine de Saint-André, d'une terre située hors la ville, depuis la porte appelée (dit-il) *Judœa* jusqu'à l'église Saint-Amand, aujourd'hui Saint-Seurin.

Il est donc certain que cette porte était ainsi désignée au temps de Grégoire VII et de Guillaume, duc d'Aquitaine, ce qui n'infirme pas absolument l'interprétation *porta Jovis* pour des temps très antérieurs, mais peut permettre de supposer que le temple que les Bituriges Vivisques avaient, sans aucun doute, élevé à Jupiter pouvait occuper une tout autre place à Bordeaux.

Et, à ce propos, de Caila annonçait un travail beauçoup plus étendu sur les temples païens de cette ville, travail dont nous n'avons retrouvé aucune trace.

XV. — Le travail sur la réelle signification de la formule *sub ascia,* nº 26 et dernier du registre, est du 5 mai 1815 et ne comprend pas moins de 17 pages in-folio à texte pressé.

C'est une œuvre considérable, qui nous paraît d'autant plus méritoire qu'elle témoigne de recherches qui effraieraient peut-être bien des archéologues ou antiquaires modernes. Elle expose toutes les opinions émises sur la question, avec les noms et le titre des ouvrages de leurs promoteurs. Et Dieu sait leur nombre! Elle énumère et figure même toutes les formes de l'*ascia,* qui atteignaient le chiffre 42 au temps de M. de Caila, qui, s'appuyant sur les opinions des antiquaires qu'il avait consultés à Paris, particulièrement sur l'avis de l'abbé de Tressan, arrivait à ces conclusions :

1º Que la formule *sub ascia,* écrite en caractères romains et non celtiques, se trouve principalement dans les Gaules, surtout à Lyon ;

2º Qu'elle n'a été observée que sur des tombeaux chrétiens et pendant les premiers siècles de l'ère chrétienne ;

3º Qu'elle avait pour but de rappeler, par une imitation du TAU des Hébreux, le caractère de la croix, sans éveiller la haine des païens contre ce respectable symbole ;

4º Qu'elle fut remplacée, après le triomphe du christianisme, par la représentation du *Labarum* de Constantin, et, plus tard, par la croix simple.

Il est vrai que quelques-unes de ces affirmations ont été combattues, et M. Jullian a fait tout récemment à leur sujet la réserve suivante :

« Nous ne dirons rien ici, et pour cause, de la formule
» *sub ascia dedicare,* ne voulant pas ajouter une inter-
» prétation nouvelle à la demi-centaine d'explications qui
» en ont déjà été données et étant fort en peine, pour le
» moment, de choisir entre un aussi grand nombre;
» qu'il nous suffise de repousser complètement celle de
» toutes qu'on accepte le plus volontiers et qui en fait
» un symbole du christianisme (¹). »

La dissertation très savante de M. de Caila n'a donc
rien perdu de son importance, puisque le procès est
encore en l'état, et l'impression de ce travail aurait, par
conséquent, une utilité réelle pour guider les archéologues qui seraient tentés de s'engager de nouveau dans
cet ordre de recherches.

Ce qui est, en outre, très singulier, mais non in-
compréhensible pour tous ceux qui ont fait des études
rétrospectives sur un sujet quelconque, c'est que cette
interprétation symbolique de l'*ascia* fut reprise une
deuxième fois, mais cinquante ans plus tard, devant l'Académie de Bordeaux et avec la même conclusion, sans
que le travail de de Caila ait jamais été rappelé, bien
qu'il existât dans les archives de la Compagnie, et que
sa lecture eût été signalée dans le registre de ses
séances.

L'archéologue Sansas remettait, en effet, à l'Académie,
le 27 novembre 1865, un mémoire fort étendu sur les
*premières traces du christianisme à Bordeaux d'après les
monuments contemporains,* avec le sous-titre : *Symbolisme
de l'Ascia,* mémoire qui fut publié *in extenso* dans les
Actes de l'Académie de l'année 1866 (t. XXVIII, p. 401).
M. Jullian l'a cité tome I, page 155.

Or, ce travail avait amené quelques discussions et

(¹) *Inscriptions romaines de Bordeaux,* t. I, p. 155, n°ˢ 46-47.

soulevé même quelques orages dans la docte assemblée, car il ne fut imprimé qu'avec l'adjonction spécialement votée :

1° Du rapport de la Commission chargée de l'examiner (page 479);

2° D'une note de M. Des Moulins, complétant ce rapport (page 481);

3° D'une demande à l'Académie, rédigée par le même savant (page 482);

Et 4° de la réponse de l'auteur aux critiques dont il avait été l'objet (24 mai 1866) (page 485).

L'Académie voulait ainsi faire de justes réserves sur les conclusions exclusives de Sansas déclarant l'*ascia* symbole chrétien et démontrant, par ce fait, que la religion nouvelle était pratiquée à Bordeaux dès le milieu du 1er siècle, puisque des monuments de cette époque portaient déjà ce signe.

Tout en rendant un complet hommage à cette dissertation en elle-même, aux documents et aux dessins qui s'y trouvaient rassemblés, MM. Dezeimeris, Cirot de La Ville et Des Moulins, de vrais maîtres en érudition et en science archéologiques, déclaraient qu'on ne pouvait en admettre les conclusions dans leur forme un peu excessive. Et des recherches, beaucoup plus modernes, semblent leur avoir donné pleine raison, puisque M. Le Blant vient encore d'écrire, à ce sujet, la phrase un peu énigmatique suivante :

« Je noterai comme *spécial* aux *épigraphistes païens* la » présence du signe, toujours mystérieux pour nous, de » l'*Ascia* ([1]). »

Mais il n'en est pas moins incontestable que de Caila

([1]) *L'Épigraphie chrétienne en Gaule et dans l'Afrique romaine*, 1890, page 4.

avait toute priorité dans l'adoption de son hypothèse, priorité que revendiquait Sansas et que ses rapporteurs lui refusaient, se basant sur des travaux de l'abbé Greppo, de Lyon ([1]), en 1840, ou sur des considérations de même ordre de M. Lenormant, imprimées peu après ([2]).

Il aurait suffi, pour en être convaincu, d'ouvrir le précieux registre où nous avons rencontré tant de renseignements utiles et qui renferme la longue dissertation qui avait été soumise à l'Académie en 1815, avec la représentation de quarante-deux formes de l'*ascia* et l'indication des ouvrages où elles étaient données et des monuments sur lesquels elles étaient gravées, précaution si sage, si remarquable et si rare dans les recherches archéologiques.

Mais ce registre était inconnu de Sansas et de ses juges, car tous auraient été, sans doute, très heureux de pouvoir prouver qu'en cela, comme pour tant d'autres questions, ils n'avaient qu'à puiser dans les archives de leur Compagnie pour retrouver des études et des solutions péniblement reprises depuis.

On a vu que M. de Caila n'oubliait pas de reporter tout le mérite de son interprétation aux savants qu'il avait consultés à Paris, particulièrement à M. de Tressan. Nous pensons donc que l'Académie doit reconnaître aussi qu'il fut le premier à traiter devant elle la question que Sansas reprit avec talent, mais un demi-siècle plus tard.

Sansas invoquait, dans sa réponse, le *nil novi sub sole* pour excuser sa prétention à la découverte de sa théorie sur l'*ascia;* mais pour M. de Caila la démonstration de ses droits est plus complète. Son travail existe encore.

---

[1] Trois Mémoires relatifs à l'histoire ecclésiastique des premiers siècles, 1840, et notes historiques du même. Lyon, 1841.
[2] *Nouvelles Annales de l'Institut archéologique,* p. 142.

Il renferme des données historiques bien plus développées que dans le mémoire de Sansas, et il fait, par conséquent, le plus grand honneur à la vieille Académie bordelaise, qui en avait entendu la lecture le 5 mai 1815.

Il constitue, à ces divers points de vue, un important document à consulter, alors même qu'on admettrait l'opinion que M. Jullian a résumée en disant qu'il ne faut faire commencer l'épigraphie chrétienne de Bordeaux que vers l'an 300, et en ajoutant qu'il irait plus loin que l'Académie en rejetant absolument, même à titre d'hypothèse, l'opinion de Sansas (1).

XVI. — Je dois noter, après cette étude magistrale, et parmi les travaux les plus intéressants du vieil académicien bordelais, la savante dissertation que j'ai publiée déjà sur la statuette trouvée en 1813 dans un puits des cloîtres de l'église Saint-André de Bordeaux.

C'était également un sujet de controverse pour la date et le lieu de la trouvaille. On avait fixé la première à 1811, 1812, 1813, 1815 et même 1816 (2). On citait le voisinage de Saint-André et les ruines du Palais-Gallien comme le siège de la découverte. On n'était pas davantage d'accord sur le sort de la figurine et des dessins qui en avaient été faits. Le registre de la Bibliothèque ne contenait que le n° 24 du mémoire, sans aucun texte. Et j'ai raconté par quelle série d'heureuses circonstances il m'a été donné de pouvoir écrire l'histoire complète, détaillée, indiscutable, de ce curieux objet d'art du 1er siècle de notre ère, conservé depuis 1837 au Cabinet des Antiques de la Bibliothèque nationale, à Paris, sous le n° 2870, et que

(1) *Inscriptions*, t. II, p. 7, n° 847, 1890.

(2) M. Jullian a même dit 1810 dans son deuxième volume, page 317, d'après Jouannet *(Statistique)* et *Soc. Arch.* (t. II, p. 7), mais c'est une erreur pour cette dernière référence, on y lit 1812.

M. de Caila pensait être, avec raison, une représentation de Sophocle.

Je ne puis donc que renvoyer aux *Actes de la Société Archéologique et de l'Académie nationale des Sciences, Belles-Lettres et Arts de Bordeaux* pour les détails que je viens de résumer sommairement ici, et je termine ainsi l'analyse du registre de la Bibliothèque municipale, qui renferme un si grand nombre de mémoires bien dignes, certainement, de l'attention des archéologues, des historiens et des savants en général.

B. — Archives de Caila.

Les documents précieux encore conservés dans les archives du château de Caila ont une valeur tout aussi grande, plus considérable même, parce qu'ils renferment des données détaillées et nombreuses sur toutes les questions de l'archéologie spéciale de Bordeaux et surtout sur l'origine des Antiques qu'on y trouve rassemblés.

Sous ce rapport, M. de Caila était un savant de premier ordre, ne laissant aucun texte, aucune citation sans en vérifier l'exactitude dans l'ouvrage original, copiant même de sa main le passage *ou le mémoire* dont il lui paraissait utile de conserver les assertions pour les contrôler de nouveau, voulant avoir ainsi constamment sous les yeux toutes les pièces du procès qu'il instruisait, et pouvant se prononcer alors avec une maturité et une sûreté d'opinion que bien des auteurs de nos jours sont loin d'avoir dans leurs productions hâtives.

Il poussait le zèle jusqu'à faire collection de tous les manuscrits, rapports ou mémoires pouvant se rattacher aux sujets de ses études, accumulant à plaisir, et toujours de sa main, tout ce qui lui paraissait offrir quelque intérêt. Et c'est à ces divers titres que je dois signaler :

1° La copie d'un *rapport* de l'architecte Combes *sur les restaurations faites à la cathédrale Saint-André de Bordeaux, lors de sa remise au culte.* 12 pages in-f°. Rapport lu en 1814 à l'Académie;

2° La copie du *Journal des constructions des fondements du Grand-Théâtre de Bordeaux, en mars 1773, par l'architecte Duffard, employé par Louis;*

3° Les *Extraits des manuscrits copiés sur les originaux déposés dans la Tour de Londres par M. de Busigny, lesquelles copies sont conservées au Cabinet des manuscrits de la Bibliothèque impériale.* Ce sont de volumineux cahiers de notes;

4° Un travail sur les *Offices de la ville de Bordeaux,* manuscrit de 15 pages in-f° renfermant les renseignements les plus précis sur les noms de tous ceux qui avaient occupé des emplois dans la cité, principalement sous la domination anglaise, avec la date et l'indication de la durée de leurs fonctions. Énumération effrayante de titres les plus divers et de titulaires, qui a exigé de longs mois de patientes recherches;

5° La copie d'un document déposé au Cabinet des manuscrits royaux, le 12 mars 1711, intitulé : *Abrégé chronologique de l'histoire du prieuré de Sainte-Livrade d'Agenais, congrégation de Saint-Maur, ordre de Saint-Benoît;*

6° Un volumineux cahier in-4° de 127 pages et d'une belle écriture (mais non de la main de M. de Caila), et qui contient l'indication sommaire de tous les incidents qui se sont passés à Bordeaux, ou ont eu quelque retentissement dans la cité, depuis le 5 septembre 1638, jour de la naissance de Louis XIV jusqu'au 20 juillet 1736.

Cet écart de quatre-vingt-dix-huit années montre assez qu'il ne s'agit pas d'éphémérides particulières, mais bien de la copie de quelque registre local appartenant soit à la jurade, soit à quelque communauté religieuse. Car les faits relatifs à l'élection des Papes, aux procès de canonisation des saints, s'y trouvent mentionnés avec autant de soin que les entrées des princes et princesses, les prises de possession d'archevêques, de gouverneurs, intendants ou de jurats, ainsi que les jugements remarquables, les incendies, etc.

Nous avons du reste l'intention de poursuivre nos recherches sur l'origine de ce travail, qui ne nous paraît pas avoir été publié, au moins dans son entier.

Enfin, à ces véritables mémoires sont jointes des notes de tout genre, d'une grande variété, et

7° Un travail de 16 pages in-f° à deux colonnes, portant pour titre : *Noms des peintres français, romains, florentins, vénitiens, lombards, napolitains, espagnols, génois, allemands et suisses, hollandais, flamands, dont les œuvres, exposées au muséum du Louvre avant le mois de juin 1815, ont été gravées en partie dans les Annales du Musée. Édition en dix volumes.*

Il faut remarquer surtout la date de ce travail et se reporter par la pensée à cette époque où la France, victorieuse de l'Europe, avait imposé aux nations voisines un tribut de richesses artistiques sans pareilles. M. de Caila avait profité de ses fréquents séjours à Paris pour examiner et étudier les belles toiles qui s'y trouvaient ainsi réunies, et qui furent reprises, en partie, depuis, par les alliés.

Or, M. Ch. Marionneau, artiste et érudit girondin de premier ordre, auquel j'avais, naturellement, soumis le manuscrit, pense qu'il est intéressant sous plus d'un rapport :

parce qu'il cite des tableaux qui n'avaient pas été signalés dans d'autres publications; parce qu'on peut conclure, de sa comparaison avec les ouvrages de Landon (¹), des données importantes sur le sort de certains tableaux, soit que ces derniers aient repris, après 1815, le chemin des musées d'où ils avaient été réquisitionnés, soit qu'ils soient restés en province, en France, échappant ainsi à des restitutions qui furent trop rapidement exécutées pour être complètes.

Sous ce dernier rapport, M. Ch. Marionneau rappelle même que Bordeaux doit à la première cause le beau tableau du *Christ en croix,* de Jordaëns, provenant de l'église Saint-Gomer, à Lierre, province d'Anvers, qui fut donné à la cathédrale Saint-André faute d'espace pour le loger au Musée.

Mais c'est surtout dans tout ce qui concerne le Musée des Antiques de Bordeaux que se trouve la preuve la plus remarquable de la persévérance de notre auteur. Aucun détail n'est négligé, aucune recherche n'est omise; tous les faits sont discutés par un observateur bien placé pour bien voir. Ne pouvant entrer ici dans l'exposition, même sommaire, d'une rédaction achevée qui ne compte pas moins de 150 feuilles in-f°, je dois me borner à désirer qu'un travailleur girondin, archéologue et érudit, publie à part ces données précieuses. Je m'y consacrerai certainement si ma santé, revenue, me permet de rendre cette justice au vieil académicien baron de Caila.

<hr/>

(¹) Charles-Paul Landon, peintre, ancien pensionnaire de l'Académie de France à Rome, membre de plusieurs Sociétés littéraires, a publié les *Annales du Musée de 1803 à 1807,* en 17 volumes, plus une suite de quatre volumes de 1805 à 1808; des Salons : 1808, 1812, 1804, 1817. Il est plus connu par ses publications que par ses tableaux.

Ces mémoires sont les suivants, dont j'ai déjà donné les titres sommaires :

1° *Muséum de la Ville de Bordeaux ; salle des monuments, 1812.*

C'est exactement l'*Explication*, attribuée à Lacour, 25 pages in-f°, avec un discours préliminaire ;

2° Le *programme* de l'ouvrage que M. de Caila se proposait d'écrire, en classant en autant de chapitres : les grands monuments de Bordeaux ; les autels ; les statues ; les bases et bas-reliefs des diverses pièces d'architecture trouvées dans les fouilles faites jusqu'à 1812 ; les pierres sépulcrales ; les cippes ; les mosaïques ; les médailles ; les inscriptions ;

3° Un extrait spécialement consacré à treize médailles trouvées dans les terres de la plate-forme et des piliers de Tutelle, lors de la destruction de ce monument en 1677. 7 pages in-f°, souvent à deux colonnes, d'après un mémoire qui appartenait à M. de La Montaigne ;

4° Inscriptions funéraires *(mensæ)* des fouilles de l'Intendance en 1756,

Et enfin

5° *Matériaux pour l'histoire des Antiques de Bordeaux, et État, par ordre chronologique, des découvertes des pierres sépulcrales, inscriptions, autels, statues, cippes et autres monuments, pour servir à l'histoire de la ville de Bordeaux.*

Volumineux travail de 110 pages in-f°, à deux colonnes, comprenant toutes les découvertes faites de 1440 à 1812.

Je ne crains pas d'avancer qu'il y a dans ces feuillets, que le temps a jaunis, une collection immense de faits très intéressants pour l'histoire archéologique bordelaise, et qui aurait été certainement appréciée par M. Jullian, forcé de s'en tenir aux données, souvent contradictoires, des auteurs contemporains de M. de Caila; et même de Jouannet, qui a repris les recherches de son collègue quand celui-ci les quittait, vu son âge avancé et l'état de sa santé, qui ne lui permettaient que de rares déplacements.

Il y aurait à revoir ces documents et à en contrôler l'exactitude pour en tirer une histoire complète des débuts du Musée des Antiques de Bordeaux, déjà si magistralement abordée par M. Jullian.

Nous croyons en avoir dit assez pour montrer quelle part avait prise M. de Caila dans la conservation et l'étude des monuments antiques girondins.

Il est bien à regretter, du reste, que notre savant archéologue n'ait pas eu le temps de réaliser tous ses projets de publication.

Il est vrai que l'élan n'était pas encore donné pour la vulgarisation de la science. On avait d'autres préoccupations pendant les quinze premières années de notre siècle. Mais le mérite de M. de Caila n'en reste pas moins très considérable, ce que nous croyons avoir démontré de la manière la plus certaine.

Un chapitre additionnel de notre œuvre fournira, du reste, la preuve la plus péremptoire de sa sagacité et de son amour des recherches vraies. Il est consacré à l'histoire des cendres de Montaigne, et réunit, pour la première fois, tous les documents officiels relatifs à cette singulière affaire.

IV

M. DE CAILA ET LES CENDRES DE MONTAIGNE

Nous avons fait allusion déjà au rôle que M. de Caila avait joué dans la rectification de l'erreur commise dans le transfert de ce qu'on croyait être les restes du célèbre auteur des *Essais,* de l'église des Feuillants, où ils avaient été placés, dans la salle même de l'Académie de Bordeaux, en l'hôtel J.-J. Bel.

Nous complétons ici cette histoire en réunissant, à quelques textes déjà publiés, des renseignements trouvés par nous, et en écrivant ainsi l'histoire complète et véritable d'un événement très souvent mal exposé dans des publications même récentes.

L'ordre commençait à renaître en France. Les noms illustres du passé redevenaient bons à quelque chose. La célébration de leurs mérites pouvait même être utile au relèvement du prestige des gouvernements ou des gouvernants nouveaux pour qui les souvenirs de Brutus, de Rousseau et même de l'Être-Suprême étaient par trop démodés, et le préfet de la Gironde, Thibaudeau, s'inspira sans doute de cette double pensée, en décrétant une grande manifestation civique en l'honneur de Michel Montaigne, dont le tombeau se trouvait dans l'ancienne église des Feuillants, à Bordeaux.

Il voulut faire transporter les restes du grand homme dans une des salles du Musée de la Ville, c'est-à-dire de l'hôtel jadis donné à l'Académie par Jean-Jacques Bel. Ce qui rendait à la science (comme on dirait de nos jours) ce qu'on enlevait à l'ancien fanatisme.

Sainte-Geneviève, devenue le Panthéon, offrait un asile

aux grands hommes, au nom de la Patrie reconnais-
sante, qui y avait logé Voltaire et Marat, et Bordeaux vit
bientôt rendre un pareil hommage à un philosophe qui
avait été son maire.

J'avais presque désespéré de retrouver l'arrêté du
préfet annonçant cette fête au peuple, la Bibliothèque
municipale ne contenant, en effet, aucun journal local
antérieur à 1801. Mais l'obligeance de M. Roborel de
Climens, l'un des employés supérieurs des Archives
départementales de la Gironde, est venue à mon aide, et
cet érudit m'a d'autant plus facilement secondé dans
cette circonstance qu'il avait communiqué déjà à la
Société des Archives historiques de Bordeaux plusieurs
documents sur la cérémonie dont je recherchais la description.

Cette pièce avait échappé à ses investigations; il l'a
retrouvée, sur ma demande, dans le registre 2 K des
arrêtés préfectoraux, n° 183, page 86, sous la date du
deuxième jour complémentaire de l'an VIII de la République (19 septembre 1800). Nous en donnons le texte,
resté inédit, et fort intéressant sous plusieurs rapports :

« Le Préfet du département de la Gironde,
» Considérant que l'église des ci-devant Feuillans, où a été
inhumé le corps de Michel Montaigne, a reçu une destination
qui ne permet pas d'y laisser plus longtemps les cendres de ce
philosophe;
» Qu'il appartient à la République de les recueillir et d'honorer la mémoire de l'immortel auteur des *Essais,*

» Arrète :

» ARTICLE PREMIER.

» Le corps et le tombeau de Michel Montaigne, auteur des
Essais, et ancien maire de Bordeaux, seront transférés de la

ci-devant église des Feuillans dans la salle des Monuments, à la ci-devant Académie, le 1er vendémiaire.

» ART. 2.

» Un professeur de l'École centrale prononcera dans le temple décadaire de l'arrondissement du centre (1) l'éloge de Michel Montaigne.

» ART. 3.

» Le corps sera transféré sur un char attelé de quatre chevaux. Il y aura sur les côtés du char des inscriptions extraites des *Essais*.

» ART. 4.

» Le cortège sera composé des autorités civiles et militaires, des professeurs de l'École centrale et instituteurs primaires, de leurs élèves et des Sociétés savantes.

» ART. 5.

» Le présent arrêté sera imprimé.

» A Bordeaux, au palais de la Préfecture, le 2e jour complémentaire an VIII.

» THIBAUDEAU. »

Je n'ai point retrouvé trace, jusqu'à présent, du discours qui fut prononcé, trois jours après, dans le temple décadaire. Mais M. Ernest Gaullieur avait aussi transcrit pour la Société des Archives historiques un arrêté réglant plus amplement tous les détails de la fête solennelle de la translation prescrite, et je donne *in extenso* le texte de cet arrêté, qui témoigne hautement de l'importance de la cérémonie.

(1) Ci-devant cathédrale Saint-André.

TRANSPORT DES CENDRES DE MICHEL DE MONTAIGNE

(Archives municipales de Bordeaux: registres d'arrêtés de l'an VIII à l'an X. — *Arch. hist.*, t. XIV, n° CCCCIX, p. 531, communiqué et transcrit par M. Ernest Gaullieur, archiviste de la Ville.)

« Du 5e complémentaire an VIII (22 septembre 1800).

» Vu l'arrêté du Préfet du département de la Gironde du 2e complémentaire (19 septembre), portant que le corps et le tombeau de Michel Montaigne, auteur des *Essais* et ancien maire de Bordeaux, seront transférés dans la salle des Monuments de la ci-devant Académie, le 1er vendémiaire prochain,

» Le commissaire général de police arrête :

» Article premier. — Immédiatement après la cérémonie, qui aura lieu au temple décadaire, le cortège se remettra en marche pour se rendre à la ci-devant Académie, passant par la rue de la Justice, la place Nationale, le cours et les allées de Tourny, pour accompagner le corps de Michel Montaigne, qui y sera transféré.

ORDRE DE MARCHE DU CORTÈGE :

» 1o Corps de cavalerie précédé de trompettes;
» 2o Peloton de garde nationale ;
» 3o Canonniers avec leurs canons ;
» 4o Peloton de garde nationale ;
» 5o Commission administrative des Hospices et Bureau de bienfaisance ;
» 6o Administrations des Domaines, Monnaies, Douane, Poste aux lettres, Poudres et salpêtres et forestières;
» 7o Jury d'Instruction publique, École centrale et instituteurs ;
» 8o Juges de paix et assesseurs ;
» 9o Tribunaux ;
» 10o Peloton de garde nationale ;
» 11o Administration et état-major de la marine ;
» 12o Tambours et musique militaire ;
» 13o Défenseurs de la patrie ;
» 14o Maire et adjoints de Bordeaux ;
» 15o Le char attelé de quatre chevaux portant le corps de Michel Montaigne ;

» 16º Le Commissaire général de police et le Secrétaire général au milieu des officiers de port; en avant, quatre commissaires de police;

» 17º Les Commissaires des relations commerciales des nations alliées et neutres;

» 18º Le Préfet du département et le Secrétaire général, précédés du Conseil de préfecture;

» 19º Peloton de Basques fermant la marche, avec un corps de cavalerie.

» ART. 2. — Les citoyens Jangan, Saval, Monvoisin et Chambert maintiendront l'ordre pendant la marche et le placement du cortège.

» ART. 3. — Après la cérémonie, le cortège se rendra au palais de la Préfecture, passant par les rues Sainte-Catherine et des Trois-Conils.

» ART. 4. — Il sera envoyé quatre copies du présent arrêté au Commissaire de police de permanence, pour être par lui remises à ses collègues.

» Fait au commissariat général de police, à Bordeaux, le 5e jour complémentaire an VIII.

» P. PIERRE.

• Par le Commissaire général :

» *Le Secrétaire général,* BABUT. »

On a droit d'être frappé de la pompe de cette fête philosophique; mais c'est l'histoire officielle que je viens d'écrire, et, à défaut des journaux du temps, je puis compléter mon exposé par une description moins solennelle. Je l'ai découverte dans les *Tablettes histori-ques,* etc., encore manuscrites et inédites, de Bernadau, annaliste bordelais, qui a consigné, à leur date, les renseignements suivants sur la translation qui avait été ce qu'on nommerait aujourd'hui le *clou* du neuvième anniversaire de la proclamation de la République française :

« On a solennisé aujourd'hui fort mesquinement la commémoraison républicaine. Les autorités de la Ville se sont rendues processionnellement depuis le palais de la Préfecture

à l'église Saint-André, où avait été porté de grand matin
le cercueil contenant les cendres de Michel de Montaigne,
gissantes (sic) depuis deux siècles aux Feuillans de celte
ville. On l'a guindé sur un corbillard de bois peint en marbre
noir, traîné par quatre chevaux gris pommelé. Sur un côté du
sarcophage était écrit : « *Les grands hommes sont de tous les
siècles,* » et, de l'autre : « *Les honneurs rendus aux grands
hommes font naître leurs successeurs.* » L'arrêté du préfet
concernant cette translation annonçait des devises tirées des
ouvrages de notre philosophe, et celles-ci ne sont pas de son
genre. On pourrait en trouver de plus analogues, comme : « *Le
jour de la mort d'un homme est son maître jour,* » etc.

» On a été porter ces cendres à la salle du Muséum de
la Bibliothèque publique, rue Saint-Dominique, hôtel de
la ci-devant Académie des Sciences et Arts de Bordeaux. Il
est plaisant de voir les os d'un moraliste au milieu d'anti-
cailles *(sic)* délabrées, dans un lieu obscur et non ouvert au
public. »

Et Bernadau ajoutait, à la même date :

« On a douté que ce fût le véritable corps de Montaigne, et,
à cet égard, les doutes ont quelque fondement. Depuis qu'il a
été enterré aux Feuillans, l'église a été reconstruite sur un
nouveau plan. Le corps fut inhumé au milieu. Par l'effet de la
reconstruction de cet édifice, on fut obligé de transporter dans
un coin de la chapelle le mausolée qui était sur son tombeau.
Les *fouilleurs* n'y ayant rien trouvé, furent obligés d'avoir
recours aux vieux registres mortuaires des Feuillans, et on y
lut que Montaigne était dans un caveau, précisément à l'endroit que nous avions indiqué dans nos *Antiquités bordelaises* (¹); mais il s'y trouva deux corps, et l'on choisit l'un
d'eux, que l'on donna pour celui de Montaigne. Il paraît que

(¹) On y lit, page 364 :
« Dans la chapelle, en entrant, à droite, a été inhumé le célèbre auteur
des *Essais;* ses cendres sont désignées par un pavé qui porte : *Hic jacet
Montaigne,* et qu'on a mis lorsque le sarcophage, d'abord élevé au-dessus,
fut transporté au fond de la chapelle la plus voisine du grand-autel, du
côté de l'Évangile. » (*Antiquités bordelaises,* Bernadau. Bordeaux, Mo-
reau, 1797, in-8°.)

si celui que l'on a transféré était le vrai, notre philosophe était de forte et courte corpulence, n'ayant pas cinq pieds. Toutes les parties de la tête étaient bien conservées, entre autres les dents tenaient encore dans la mâchoire; quelques-uns se sont permis d'en arracher, ainsi que des osselets des doigts. Le pédant escamoteur Laboubée jeune en a extrait effrontément et les a gardées, malgré qu'on en ait porté des plaintes au préfet (¹). »

Et Bernadau terminait son éphéméride en disant :

« Nous avons eu l'attention de faire consacrer les particularités de cette translation dans le *Dictionnaire des siècles littéraires de France,* article : « MONTAIGNE » (²), et, en note, évidemment intercalé bien après : « LE 1ᵉʳ VENDÉMIAIRE. »

» On s'est mépris dans le choix des cercueils, et celui de Montaigne est resté aux Feuillans. (Voyez au 21 juin 1803, p. 29.) »

Le fait était réel, et les renseignements suivants peuvent expliquer l'erreur commise : Quatre mois après la

(¹) J'ai lu à ce sujet dans un ouvrage publié en 1811, et dont je n'ai retrouvé d'autre indication bibliographique que le chiffre de la page, 193, le singulier renseignement suivant :

« En recherchant, dans le temps de la Terreur (c'est une erreur, comme nous l'avons montré), le corps de Michel de Montaigne pour le porter dans cette enceinte, on trouva dans une chapelle de sa famille celui de Mᵐᵉ de Lestonac. On crut que c'était le corps du philosophe. On lui arracha deux dents, qui furent vendues fort cher, comme appartenant à un homme célèbre. Elles étaient de Mᵐᵉ de Lestonac. Depuis, on a reconnu l'erreur en retrouvant le corps de Montaigne; mais une de ces dents est en Angleterre, où elle passe incontestablement pour la dent de Michel de Montaigne. »

(²) Le titre exact de cette publication est : *Les Siècles littéraires de la France,* dictionnaire historique, critique et bibliographique de tous les écrivains français morts ou vivants jusqu'à la fin du XVIIIᵉ siècle, par Désessarts et plusieurs biographes (t. IV, an IX (1801), p. 409). On y cite, en effet, le récit de Bernadau, avec ce détail de plus : « Avant la cérémonie, on mesura le corps du philosophe. Il paraît qu'il n'avait pas plus de cinq pieds de hauteur; mais les os annonçaient une constitution robuste. »

La moindre vérification médicale des os aurait sûrement fait reconnaître l'erreur d'attribution.

mort de Montaigne, survenue le 13 septembre 1592, à Saint-Michel, en Dordogne, ses restes, sauf le cœur, déposé en la dite église, avaient été ramenés à Bordeaux par les soins de sa veuve, Françoise de La Chassaigne. Or, celle-ci obtint des Feuillants, le 27 janvier 1593, un droit de sépulture dans leur église, moyennant (clause consentie par Pierre de Montaigne, sieur de Labroüsse, frère de Michel, au dict nom, faisant pour la veuve dénommée), la constitution sur tous et chacun des biens de la dite dame de cent louis de rente annuelle, amortissable pour 1,200 livres; payable, la dite rente, à chacun 1er de mai, à la charge pour les dits religieux de dire deux messes hautes avec diacre et sous-diacre, savoir : l'une le troisième jour du mois de septembre (1), l'autre en commémoration du jour que le dict feu sieur fut inhumé, et outre ce, deux autres messes basses, l'une au jour de Saint-Pierre-aux-Liens, et l'autre au jour de Saint-Michel.

Je n'entrerai point ici dans l'exposé des divers incidents survenus dans l'exécution de ces clauses, modifiées en 1613, 1614 et 1619. Ils sont étrangers à mon sujet, et, du reste, très bien exposés dans un article du 16e *Recueil des travaux de la Commission des Monuments historiques de la Gironde* pour l'année 1854-1855, pages 19-21, et dans l'ouvrage si complet de M. Th. Malvezin sur *Montaigne, son origine et sa famille*. Bordeaux, 1873.

En résumé, le tombeau du sceptique auteur des *Essais* était, en 1797, dans le caveau de l'une des chapelles de l'église des Feuillants, devenue plus tard la chapelle du Lycée de Bordeaux, et c'est après avoir étudié avec soin, et sur place, ce qui s'était passé lors de la translation

---

(1) Ce doit être le 13, jour anniversaire de la mort de Montaigne.

solennelle du 1er vendémiaire an IX, que M. de Caila établit devant la Société des Sciences, Belles-Lettres et Arts, la faute que l'absence de guides certains et trop de précipitation sans doute avaient fait commettre.

Cette communication est signalée dans le procès-verbal de la séance du 26 floréal an XI (16 mai 1803), et c'est en apprenant les conclusions, adoptées, de ce mémoire, que le dernier survivant, de nom, de la famille du philosophe, Joseph de Montaigne, adressa au préfet de la Gironde, Dubois, la demande de faire réparer l'erreur faite à cette occasion.

Voici le texte de sa requête, rapporté partiellement par M. Th. Malvezin dans l'ouvrage que nous avons cité, et que M. Roborel de Climens avait déjà communiqué *in extenso* à la Société des Archives historiques (¹) :

« Le 3 prairial an XI (23 mai 1803).

» Joseph Montaigne, seul et unique *rejetton* de la famille de l'auteur des *Essais,* vient d'apprendre que dans une séance particulière de la Société des Sciences de cette ville, du 26 floréal dernier (16 mai 1803), il avait été authentiquement reconnu, d'après des actes et des faits rapportés par un de ses membres, qu'au lieu d'avoir transporté le 1er [décembre (²)] vendémiaire an IX les cendres de Michel de Montaigne de l'église des Feuillants dans la salle de l'assemblée de cette Société, on avait porté le cercueil de la dame de Lestonnac (³), sur lequel on avait placé le mausolée de ce philosophe dont les cendres reposent encore dans le caveau où Françoise de La Chassaigne, son épouse, les avait déposées le 1er mai 1614.

» Seul et unique représentant de la famille Montaigne, et de

(¹) T. XIV, p. 553, n° CCCCX, Archives départementales, série T.
(²) C'est une erreur; le 1er vendémiaire an IX correspond au 23 septembre 1800.
(³) Marie de Brian, veuve de M. Guy de Lestonna ou Lestonnac, fils de Richard, marié à Jeanne de Montaigne, fille de Pierre Eyquem de Montaigne, père de Michel.

8

celle de Lestonnac : de la première, de son chef, et de la seconde, du chef de Thérèze Galatheau, son épouse; assuré du consentement de la Société des Sciences, le pétitionnaire vient vous demander avec confiance, citoyen Préfet, que vous l'autorisiez à porter dans l'église du ci-devant monastère des Feuillants, aujourd'hui le Lycée, et dans le caveau de la première chapelle, à droite en entrant, le cercueil de la dame de Lestonnac, et de faire rétablir le mausolée de Michel Montaigne dans la chapelle de la même église, à gauche, le plus près de l'autel, non dans l'angle de la dite chapelle, mais sur le caveau qui est au milieu et où reposent les cendres du philosophe.

» Le pétitionnaire se charge de faire à ses frais tous ces déplacements, du moment que vous lui *aurés* accordé la permission qu'il vous demande.

» Salut et respect.

» MONTAIGNE (1). »

Le préfet pensa qu'une telle affaire exigeait un sérieux examen, et il en confia la mission à la Société devant laquelle l'erreur avait été démontrée. Sa lettre officielle porte la date du 7 prairial (27 mai). La réponse de la Compagnie fut envoyée le 21 prairial (10 juin), avec copie du rapport de Caila, et le 2 messidor (ou 21 juin) l'autorisation était accordée.

Toute cette correspondance existe encore soit dans les archives de l'Académie, soit aux Archives départementales, sauf le rapport de M. de Caila, que le préfet avait cependant rendu à la Compagnie, et sur sa demande, le 2 thermidor (21 juillet suivant).

Nous sommes donc obligé de ne donner ici que le sommaire du mémoire que nous trouverons peut-être un jour, et voici la lettre par laquelle il était répondu au préfet. Nous suivons la transcription de M. Roborel de

_____

(1) Cette pièce, transcrite par M. Roborel de Climens, porte, par erreur, le nom de M. de *Ségur* Montaigne.

Climens, parce que la copie des archives de l'Académie
ne paraît être qu'un brouillon, non signé d'ailleurs :

(*Arch. hist.*, t. XIV, p. 554, n° CCCCXI.)

« Bordeaux, le 21 prairial an XI de la République
française (10 juin 1803).

» Citoyen Préfet,

» Un arrêté du citoyen Thibaudeau, en date du mois de
fructidor an VIII (¹), ordonna la translation des cendres de
Michel de Montaigne de la chapelle des ci-devant Feuillans
dans la salle des séances publiques de la Société; mais, par
une méprise singulière, les personnes qui furent chargées
des travaux relatifs à cette translation n'ayant pas trouvé de
cercueil dans le mausolée, s'informèrent à un ancien serviteur
de la maison du lieu où il pouvait être déposé, et sur sa réponse
qu'il était dans un caveau situé sous une chapelle en entrant
dans l'église (à main droite), ils y descendirent, et y ayant
trouvé un cercueil de plomb, ils ne doutèrent pas que ce ne
fût celui du philosophe, et le firent, en conséquence, transporter dans le lieu désigné par l'arrêté du citoyen Thibaudeau
et où il existe en ce moment.

» Notre collègue, le citoyen Caila, qui s'est occupé de
recueillir tout ce qui a rapport à Michel de Montaigne (²), ayant
fait des recherches sur le lieu de sa sépulture, est parvenu à
découvrir que les restes précieux de l'auteur des *Essais* n'*avoit*
pas été déplacés et qu'ils existaient toujours dans le lieu où les
fit déposer Françoise de La Chassaigne, son épouse, et qu'au lieu
de son cercueil, les commissaires chargés de la translation de
ses cendres avaient pris dans un caveau qui appartenait à la
famille, mais qui n'est pas celui où sont déposés les restes de
ce grand homme, celui de la dame de Lestonnac.

» Le citoyen Joseph Montaigne, l'un des descendants du
philosophe, ayant eu connaissance du mémoire qui nous a été

(¹) C'est une erreur; il porte la date du 2ᵉ jour complémentaire de
l'an VIII (19 septembre 1800).
(²) On se rappelle son mémoire, n° 4 du registre de la Bibliothèque de
Bordeaux (voir page 127 du présent travail).

lu par notre confrère Caila, a présenté une pétition au citoyen Dubois, afin d'être autorisé à faire réintégrer dans le caveau d'où on l'a sorti le cercueil de la dame de Lestonnac et à rétablir le mausolée de Michel Montaigne sur son tombeau. En conséquence, ce citoyen écrivit à la Société, le 7 du présent, pour lui demander des renseignements sur les faits avancés par le citoyen Joseph Montaigne.

» La Société, citoyen Préfet, croit ne pouvoir mieux répondre à la confiance dont elle a été honorée par votre prédécesseur qu'en vous adressant le mémoire qui nous a été lu, à ce sujet, par le citoyen Caila. Elle *dézire* que les renseignements qu'il renferme puissent vous être agréables et vous prouver le *dézir* qu'elle a de mériter votre confiance.

» J'ai l'honneur de vous saluer respectueusement.

» DUTROUILH,

» Secrétaire général. »

C'est en conséquence de cette communication de la Société des Sciences, Belles-Lettres et Arts que le nouveau préfet Delacroix prit l'arrêté suivant[1], également publié par M. Roborel de Climens et dans les comptes rendus de la Commission des monuments historiques de la Gironde pour 1854-1855 :

(*Arch. hist.*, t. XIV, p. 555, n° CCCCXII.)

« Vu la pétition par laquelle le citoyen Joseph Montaigne expose qu'au lieu de transférer, en l'an IX, de l'église des Feuillants dans la salle des séances de la Société des Sciences, Belles-Lettres et Arts les cendres de Michel Montaigne, auteur des *Essais*, on n'y transporta, par l'effet d'une méprise aujourd'hui avérée, que le cercueil de la dame de Lestonnac, sur lequel on avait placé le mausolée de ce philosophe.

» Le pétitionnaire demande l'autorisation de faire reporter ce cercueil dans la chapelle d'où il fut tiré le 14 juillet an IX [2]

[1] *Arch. hist.* citées, t. XIV, p. 555, n° CCCCXII.
[2] C'est une erreur ; le 14 juillet an IX correspondrait à 1801.

et de faire relever le mausolée de Montaigne sur le véritable tombeau de ce philosophe;

» Vu les observations formées par la Société des Sciences, Belles-Lettres et Arts, et le mémoire du citoyen Caila (¹), un de ses membres, pièces d'où il résulte que le cercueil de Michel Montaigne repose encore dans un caveau situé sous une des chapelles de l'église des Feuillants, aujourd'hui du Lycée;

» Considérant que la double demande formée par l'unique rejeton de cette famille est juste et ne peut souffrir aucune difficulté;

» Considérant que les précieux restes de l'auteur des *Essais* ne peuvent être placés plus convenablement que dans une maison publique d'éducation et dans le temple destiné aux exercices religieux des élèves du Lycée (²),

» Le Préfet du département arrête :

» ARTICLE PREMIER. — Il est permis au citoyen Joseph Montaigne de faire replacer le cercueil de la dame Lestonnac dans le tombeau qu'il occupait avant le 14 juillet an IX (³), et de faire élever sur celui de Michel Montaigne, auteur des *Essais*, le mausolée qu'on y avait primitivement établi.

» ART. 2. — Cette double opération se fera aux frais du pétitionnaire, suivant son offre.

» ART. 3. — Elle se fera sous l'inspection de l'architecte de la Préfecture (⁴).

» Bordeaux, le 2 messidor an XI.

» *Le Préfet,*
» *Signé :* DELACROIX. »

(¹) Le texte porte *Qeyla.*
(²) Le Concordat de 1801 explique ce rappel aux idées religieuses.
(³) Même erreur que précédemment.
(⁴) C'était alors M. Combes, également académicien; l'ordre lui fut signifié le 21 juin 1803. — *Arch. hist.,* citées, t. XIV, p. 557, n° CCCCXV (Roborel de Climens).

Lettre de M. Delacroix, préfet de la Gironde, à M. Combes, architecte de la Préfecture :

« *Au citoyen Combes, architecte de la Préfecture.*

» Le citoyen Joseph Montaigne vous communiquera un arrêté de ce jour par lequel j'autorise à reporter dans l'église du Lycée le cercueil de la dame de Lestonat et à faire reconstruire le mausolée sur le tombeau de l'auteur des *Essais.*

» Ces ouvrages doivent se faire sous votre inspection.

» Je vous salue.

» Bordeaux, 2 messidor an XI. »

Ce préfet venait à peine de succéder à M. Dubois et avait été ministre des relations extérieures au moment où lord Malmesbury était venu en mission en France pour traiter de la paix avec le Directoire, en 1797. Il aurait pu réparer plus complètement l'erreur commise en faisant payer les frais de restitution du cercueil et du mausolée par l'État; mais je n'ai pas besoin d'ajouter qu'il ne prescrivit aucune cérémonie en réparation de la bévue de son prédécesseur Thibaudeau. L'Administration ne doit jamais avoir eu tort. Le préfet fut extrêmement poli pour le citoyen Joseph Montaigne [1] et pour la Société des Sciences, Belles-Lettres et Arts [2]; mais le mot de la fin se trouve encore dans les *Éphémérides* de Bernadau, où se lit :

« Tout s'est passé sans publicité autre que celle que lui a donnée le *Bulletin polymathique du Muséum*, page 24, de l'an 1808, *cinq ans après l'exécution de l'arrêté préfectoral.* »

Joseph de Montaigne avait, cependant, fait graver une inscription pour consacrer son intervention dans toute

[1] 21 juin 1803, n° CCCCXIII du t. XIV, p. 556 des *Archives hist.* (Roborel de Climens).

« *Au citoyen Joseph Montaigne.*

» Citoyen, j'ai accueilli la double demande que vous m'avez faite. Un arrêté ci-joint vous autorise à placer dans l'église du Lycée le cercueil de la dame Lestonat et à rendre remarquable, par un mausolée, celui de l'immortel philosophe que vous comptez parmi vos ayeux.

» Il m'est doux de pouvoir faire quelque chose d'agréable à un de ses descendants.

» Je vous salue.

» Bordeaux, 2 messidor an XI.   » DELACROIX. »

[2] N° CCCCXIV, p. 557.

« *A la Société des Sciences, Belles-Lettres et Arts.*

» Agréez mes remerciements pour le mémoire que vous m'avez fourni relativement au tombeau de Michel Montaigne. J'accorde au *rejetton* encore existant de cette illustre famille la double demande sur laquelle vous avez été consultée.

» Salut et considération.

» 2 Messidor an XI (21 juin 1803).   » DELACROIX. »

cette affaire, et Millin n'oublia pas de mentionner ce fait, avec reproduction de cette inscription, ainsi rédigée [1] :

JOS MONTANVS
MICH. MONTANI
ABNEPOS HOC
MONVMENTVM
RESTAVRAVIT
ANN. D
MDCCC III

Mais il ne reste rien rappelant aujourd'hui ce fait, la plaque commémorative en marbre noir n'ayant pas été comprise dans la restauration faite en 1887 dans le vestibule des Facultés des lettres et des sciences, malgré la volonté et les observations de M. l'architecte Ch. Durand.

Les cendres de Montaigne n'avaient pas d'ailleurs terminé leur odyssée après la restitution opérée (comme nous venons de le dire) par Joseph de Montaigne, qui fut le dernier descendant du nom de l'auteur des *Essais* [2].

Elles échappèrent d'abord à l'incendie qui détruisit la chapelle du Lycée le 30 mai 1871, puis furent solennellement déposées, en 1887, dans la salle d'entrée des nouvelles Facultés de Bordeaux, non dans le cénotaphe, qui ne pouvait les contenir, mais dans un caveau placé directement au-dessous, au niveau des sous-sols, par les soins de M. Charles Durand, architecte de la Ville de Bordeaux, qui a bien voulu me donner ce renseignement officiel.

Et les autres cercueils de la famille de Montaigne, spécialement ceux de sa veuve, Françoise de La Chassaigne,

[1] *Voyage dans les départements du midi de la France, de 1806 à 1811*, t. IV, 2e partie, p. 635.
[2] D'après une note fournie par M. Th. Malvezin, ce Joseph descendait de Raymond Eyquem, fils de Grimon Eyquem, frère de Pierre de Montaigne, père de Michel.

avec trois autres, dont faisait partie celui de Mme de Lestonnac, reposent actuellement à la Chartreuse, où la
famille de Kercado, descendant aussi des Montaigne (¹), a
obtenu l'autorisation de les placer dans un caveau pour
la construction duquel le Conseil municipal de Bordeaux
avait voté un crédit de 4,830 francs dans sa séance du
6 décembre 1887.

L'histoire que je voulais écrire est donc complète, sauf
une lacune qui me préoccupait sans cesse pendant que
je faisais mes recherches, à savoir comment le mausolée
de Montaigne et ses cendres, objets de tant d'honneurs
en 1800, avaient pu échapper à la destruction systé-
matique qui fit disparaître tant d'œuvres d'art et de
richesses pendant la tourmente révolutionnaire?

J'ai trouvé la raison de cette exception aux Archives
départementales, qui m'avaient déjà fourni plusieurs des
documents cités plus haut, et je puis même donner,
grâce à l'obligeance de M. Ducaunnès-Duval, sous-direc-
teur de ce dépôt, la pièce officielle qui énumère les
raisons de cet acte de conservation fort rare, s'il n'est
pas absolument isolé, pour la période de la Terreur à
Bordeaux (²) :

« Aujourd'hui 21 août 1792, l'an IV° de la Liberté, onze
heures du matin, Journu, président; Labrouste, Mandavi,
Ferrière, Villebois, Couzard, Durand-Lagrange, Lacaze fils

(¹) Joseph de Montaigne avait eu un fils qui mourut dans l'émigration,
en 1803, à Aix-la-Chapelle, et une fille, mariée au comte de Lévis-Mire-
poix. Celle-ci n'eut qu'une fille, mariée à M. le comte de Kercado, et qui
a laissé plusieurs enfants. (Th. Malvezin, cité.)

(²) Nous devons noter, en effet, que les deux bas-reliefs qui ornaient le
piédestal de la statue équestre de Louis XV, abattue le 22 août 1792, sont
encore dans le Musée des Antiques de la Ville. Un historiographe du
temps a même raconté qu'ils furent épargnés sur la remarque qu'ils
représentaient deux batailles glorieuses pour la France : celle de Fontenoy,
(11 mai 1745) et la prise de Port-Mahon (27 juin 1756).

aîné, Pujoulx-Larroque, Robert Duvigneau, Baron, Chéri, Fiton, Tardieu, Monbalon, Coste, Peychaud et Duplantier, administrateurs, et Rousset, receveur général sindic, s'étant assemblés dans la salle du Conseil pour aller au Champ-de-Mars renouveler, en présence de la garde nationale et de tous les citoyens, les serments de la Liberté et de l'Égalité conformes à l'arrêté du Conseil du 19 du courant.

(Suivent les détails de la cérémonie.)

. . . .

» Un membre ayant proposé d'ouvrir la séance, a demandé que dans le jour consacré à la fête de la Liberté et de l'Égalité, le Conseil ordonnât la destruction des monuments élevés à la tiranie et à l'aristocratie.

» Cette proposition ayant été discutée et mise aux voix avec ses divers mandements,

» Le Conseil général :

» Considérant que des monuments publics érigés à la tiranie par la tiranie elle-même ou par l'adulation, insultent depuis trop longtemps la liberté et l'égalité;

» Que l'époque est enfin venue où ces bronzes adulatoires ou insolents que le temps ne pouvait détruire doivent tomber sous la main de la raison et de la philosophie, plus puissante que celle du temps;

» Que l'époque est venue où ces bronzes eux-mêmes doivent servir à nous venger des *meaux* que voudrait nous faire encore la classe orgueilleuse à laquelle ils étaient consacrés, et que ces instruments de son ancienne tiranie deviennent des instruments de notre nouvelle liberté et rachettent ainsi les outrages aux droits du peuple, dont ils ont été les complices;

» Considérant que l'Assemblée nationale vient de vouer (¹) à

---

(1) La présente délibération a été publiée dans l'*Ami des Monuments,* t. III, p. 110, 1889 (communication de M. Braquehaye), mais avec une variante du texte que nous avons collationnée, avec M. Ducaunnès-Duval, aux Archives départementales. Nous ne l'aurions pas relevée si elle n'avait pas été reproduite en italique.

Le texte porte :

« Considérant que l'Assemblée nationale *vient de vouer* à la destruction, et non vient de se *dévouer* à la destruction. »

la destruction les restes encore trop puissants du despotisme et de la féodalité; que leur chute mémorable rappellera long-temps aux hommes qu'en vain ils veulent usurper sur la postérité le droit de décerner des honneurs à leur mémoire, et qu'ainsi qu'elle érige des monuments mérités aux véritables vertus, elle renverse ceux que l'insolent orgueil du vice a fait s'élever à l'avance comme lui commandant de les respecter.

» Ouï le Procureur général sindic, décide que tous les monu-ments et inscriptions en bronze ou en cuivre qui se trouvent placés dans les lieux publics seront détruits pour être fondus en canons, obusiers et autres armes; que les citoyens et com-munes qui possèdent ces bronzes et ces cuivres seront invités à les consacrer au même usage, et que le Directoire demeurera chargé de prendre les mesures nécessaires pour l'exécution du présent arrêté, se réservant de statuer définitivement sur les monuments en marbre et en pierre;

» Et néanmoins, considérant que Montaigne fut un de ces hommes recommandables aux yeux de la postérité; que, le premier, il osa poser les bases de la philosophie et de la morale dans un siècle barbare où les vertus publiques étaient encore inconnues, et qu'il prépara, pour ainsi dire, les matériaux qui servent depuis à la fondation de l'édifice de notre liberté;

» Considérant que s'il appartient à l'Assemblée nationale seule de décerner aux grands hommes les honneurs dus à leur mémoire, il serait cependant indigne d'une Administration d'ordonner la destruction de ceux que l'estime publique leur a déjà élevés et qui ont été sanctionnés par le respect de plu-sieurs générations,

» Arrête que le monument consacré à Michel de Montaigne, sous le bon plaisir de l'Assemblée nationale, lequel est placé dans la maison nationale ci-devant des Feuillans, et les ins-criptions et ornements en bronze qui en dépendent, seront conservés dans leur entier.

» Le Président lève la séance.

» JOURNU, PUJOULX-LARROQUE,
BUHAN, *Secrétaire général.* »

Cette résolution, qui ne paraît avoir été connue d'aucune des Administrations ou Sociétés qui s'étaient occupées des cendres de Montaigne, même du préfet Thibaudeau, explique, du reste, comment le mausolée et le cercueil de l'auteur des *Essais* avaient échappé aux dévastations qui anéantirent tant de richesses pendant la période révolutionnaire, et comment il a pu être restauré tel qu'on le voit aujourd'hui dans le grand vestibule des Facultés des lettres et des sciences de Bordeaux.

Le nom de Montaigne semble d'ailleurs avoir été un réel talisman pendant toute la période de la Terreur, car Joseph Montaigne, le pétitionnaire que nous avons nommé, lui dut certainement sa mise en liberté et probablement la vie.

Il avait été arrêté, le 14 nivôse an II (3 janvier 1794), comme noble, mari et père d'émigrés, son fils et sa femme s'étant rendus à Paris au début de la Révolution et ayant passé à l'étranger.

Mais, sur ses réclamations, le Comité révolutionnaire de surveillance fit un rapport, en date du 5ᵉ jour complémentaire de l'an II (21 septembre 1794), où, relatant les faits de l'émigration reprochés et les explications de Montaigne, avec les certificats produits attestant son civisme, il renvoyait l'affaire à Ysabeau, représentant du peuple, revenu en mission à Bordeaux, qui signait la mise en liberté le 3 vendémiaire an III (24 sept. 1794).

Robespierre avait succombé le 27 juillet, et les considérants du rapport communiqué à la Société des Archives historiques par M. Aurélien Vivie sont assez typiques pour être reproduits ici ([1]) :

« Nous ne ferons pas un mérite à Montaigne d'être issu du père des philosophes français. La Raison, en décrétant que les crimes étaient personnels, a décrété que les vertus et les talents l'étaient aussi.

([1]) *Arch. hist.*, t. XIV, p. 550-551, nᵒ CCCCVIII. — Arch. dép., L. 487,

» Nous nous contenterons d'exposer que Montaigne produit des attestations de civisme tant de sa section que de la commune où il a des propriétés; qu'il a rempli les devoirs d'un bon citoyen en concourant aux besoins de la patrie et des indigents. Il résulte encore de la vérification de ses papiers qu'il ne s'y est trouvé rien de suspect; enfin, il est avantageusement connu sous le double rapport de la probité et de son attachement aux lois de son pays. »

Après un tel éloge, Ysabeau pouvait bien libeller sa décision comme suit :

« Le Représentant du peuple, en séance à Bordeaux ;
» Vu le rapport du Comité de surveillance et les pièces qui prouvent le patriotisme du citoyen Montaigne et qu'il lui a été physiquement impossible de s'opposer à l'émigration de sa femme et de son fils,
» Arrête que le dit citoyen Montaigne sera rendu à la liberté sous la surveillance des autorités constituées,
» Sauf l'application de la loi des 27 et 28 germinal an II (16 et 17 avril 1794), interdisant aux nobles et aux étrangers de séjourner dans les villes maritimes et frontières. »

Le lecteur se rappelle peut-être que M. de Caila avait produit dans son interrogatoire l'ordre de passe qui permettait aux individus visés par la loi de désigner leur résidence en dehors de Bordeaux.

Le Montaigne dont il vient d'être question, et qui possédait des domaines dans les environs de Blanquefort, près de Bordeaux, ne tombait pas sans doute sous l'application de cette loi, car son nom ne figure pas dans le registre que j'ai cité.

Il se retira sans doute dans ses terres de Saint-Médard-en-Jalle, de Corbiac ou de Bussaguet, et je n'ai pu savoir la date exacte de sa mort [1].

---

[1] M. Malvezin dit que les Montaigne avaient formé deux branches : les Montaigne du Taillan et les Montaigne de Saint-Médard.

Telle est l'histoire complète des incidents relatifs aux cendres de Michel Montaigne. Je l'ai écrite d'après des documents en grande partie restés inédits ou qui n'avaient jamais été réunis jusqu'à présent, précaution qui m'avait paru nécessaire, parce que les faits et les dates que j'ai précisés sont exposés de la façon la plus fantaisiste dans une foule d'ouvrages modernes.

Je n'en citerai qu'un exemple, et je l'emprunte au livre qui prétend résumer à merveille la description des monuments de Bordeaux, au *Guide Joanne*. On y lit :

« En *1809,* on eut la singulière idée de transférer au Musée de la rue Saint-Dominique la dépouille mortelle de Montaigne et son monument; mais, *deux ans après,* on s'aperçut qu'on s'était trompé et qu'on avait pris à la place de son cercueil celui d'une de ses parentes. Aussitôt on rapporta le tout dans le caveau que l'on avait dépouillé, et, en *1823,* un arrière-petit-neveu du grand homme obtint la permission de faire rétablir le mausolée dans son état primitif. C'est ce que constate l'inscription latine placée sur le mur, à droite de ce monument. » (*Guide de Paris à Bordeaux,* 1867, 3ᵉ édition, p. 346.)

Il est difficile d'accumuler plus d'erreurs avec l'apparence d'une précision de dates bien propre à séduire le lecteur.

Et pourtant, la date de la cérémonie est de 1800 au lieu de 1809, et si l'erreur fut reconnue trois ans, et non deux ans après (23 mai 1803), on ne rapporta jamais que le corps de Mᵐᵉ de Lestonnac dans l'ancien caveau que n'avait jamais quitté le cercueil de Montaigne.

Le mausolée seul fut rétabli dans la place qu'il avait toujours occupée dans l'église du Lycée.

Et ce n'est pas davantage en 1823 que l'erreur fut réparée par les soins de Joseph de Montaigne, mais aussitôt après le 2 messidor an XI (21 juin 1803), date de l'arrêté préfectoral. Joseph de Montaigne n'existait plus alors, et… c'est ainsi que l'on écrit l'histoire !

V

CONCLUSIONS

D'après tout ce qui précède, les conclusions de notre travail nous paraissent maintenant aussi naturelles que légitimes.

C'est, d'un côté, que l'Académie de Bordeaux, soit dans son glorieux passé du XVIIIe siècle, soit pendant ses années d'épreuves, soit depuis sa Restauration, n'a pas cessé un seul instant de remplir la tâche de sa constitution statutaire avec un zèle et une activité qui n'ont pas eu d'autre défaillance que celle qu'elle fut obligée de subir de 1793 à 1796.

Et que M. de Caila, l'un de ses membres les plus actifs et les plus dévoués, a joué depuis cette dernière date et jusqu'en 1815, un rôle beaucoup plus considérable qu'on ne l'a dit jusqu'à nous.

Il a été réellement l'archéologue et l'antiquaire le plus remarquable de la Gironde pendant les dernières années du XVIIIe siècle et les quinze premières du nôtre. On le consultait alors sur toutes les questions archéologiques soulevées par les découvertes faites à Bordeaux, dans les départements voisins ou même à l'étranger (¹). Son zèle

---

(¹) C'est ainsi qu'il rendait compte, dans les séances du 15 floréal et du 5 prairial an XII (5 et 25 mai 1804), des célèbres monuments de Stonehenge, près Salisbury, en Angleterre, décrits par M. Saint-Marc, d'Agen, à la suite d'un voyage outre Manche.

Le 25 floréal an XI (15 mai 1803), le jour de sa communication sur le tombeau de Montaigne, il faisait un rapport sur un mémoire de Muraire, bibliothécaire de l'École centrale de la Charente-Inférieure, sur des médailles trouvées à Courcoury, près Saintes, et il avait même accepté de faire ressortir les mérites de poésies fugitives soumises à la Société, dans la séance du 16 pluviôse an XII (6 février 1804), par le citoyen Labouisse, de Toulouse.

était sans bornes, et il fut surtout l'un des premiers promoteurs des mesures de protection des fragments de monuments antiques trouvés dans les fouilles des constructions nouvelles du sol bordelais.

La Société des Sciences, Belles-Lettres et Arts avait, en effet, constitué, dès le 25 messidor an XII (14 juillet 1804), une Commission permanente des Arts ayant surtout pour mission, par l'article 2 de sa constitution, « de veiller à ce que *les médailles, sculptures et autres* » *monuments antiques que les fouilles pour construction* » *d'édifices mettraient au jour, fussent réunis au dépôt de la* » *Bibliothèque.* »

Caila figurait en première ligne dans cette Commission, avec MM. Monbalon, Combes, Lacour et Latapie.

Il occupa certainement la première place parmi les archéologues bordelais de son temps, avant Jouannet, qui fut son successeur, mais à partir de 1818 seulement. Son dévouement à la Compagnie, qui l'avait en haute estime, est du reste facilement attesté par les registres heureusement conservés à la Bibliothèque et dans les archives de l'Académie, car on y lit qu'il poursuivit avec ardeur toutes les occasions de faire revivre le titre officiel qui avait être concédé à cette Compagnie en 1712. J'ai même trouvé un projet de pétition rédigé par lui pour être adressé à S. M. l'empereur et roi, sous la date du 7 août 1806 (¹).

Mais cette question, abordée pour la première fois dans la séance du 15 pluviôse an XIII (4 février 1805), ne devait être résolue qu'en 1828 et par l'influence du Bordelais Laîné, membre du ministère de Martignac.

Malgré tous ces titres à la reconnaissance de Bordeaux et de la postérité, le baron de Caila est resté presque

_____
(¹) Voir aux pièces justificatives, n° IV, p. 180.

ignoré, comme nous l'avons montré. Je ne crois pas qu'il ait même reçu l'honneur, devenu presque banal, de son nom donné à une des rues de sa ville natale. Nous demandons donc à l'Académie, qu'il a honorée, d'accepter et de patronner près des autorités municipales, si bien disposées, du reste, pour toutes les célébrités bordelaises, de réparer cet oubli, et de placer aussi ce nom, au rang le plus honorable dans le Musée des Antiques qui va recueillir bientôt et réunir tous ensemble les vénérables restes du passé qui avaient si souvent été l'objet des soins et des dissertations du baron de Caila.

Un buste, dont l'excellente photogravure qui accompagne notre étude rendrait la sculpture facile, devrait enfin être commandé à l'un de nos artistes bordelais pour être placé dans les salles où se trouveront bientôt les antiques dont nous lui devons la conservation, l'histoire et la description.

VI

PIÈCES JUSTIFICATIVES

I

Procès-verbal de l'interrogatoire subi par le citoyen Caïla.

Aujourd'hui 2 floréal an II de la République une et indivisible, a comparu au Comité de surveillance le citoyen après nommé pour être interrogé comme suit :

D. — Quel est son nom, âge, naissance, profession et domicile?

R. — Pierre Caïla, âgé d'environ cinquante ans, ci-devant avocat général de la Cour des Aides, domicilié à Bordeaux.

D. — De quelle section il est, s'il a obtenu sa carte de civisme?

R. — Qu'il est de la section de l'Esprit-des-Lois, n° 11, et présente sa carte de civisme.

D. — S'il est né de la caste ci-devant noble ou s'il a jamais joui de ses prérogatives et s'il en a pris le titre?

R. — Qu'il n'est point né noble, mais qu'il est vrai que son père acheta la charge de grand secrétaire, qu'il la possédait à sa mort et qu'il déclare n'avoir jamais pris d'autres titres que celui d'avocat général.

D. — S'il est marié et s'il a des enfants?

R. — Qu'il est célibataire.

D. — S'il a des frères et où ils sont?

R. — Qu'il en a trois, un malade et en pension à l'île d'Oléron, le deuxième marié à Toulouse, il y a à peu près onze ou douze ans; le troisième qui était garde du ci-devant Roy, absent depuis le mois de septembre 1791, lequel était presque toujours absent depuis vingt ans.

D. — Quelle conduite il a tenue depuis le commencement de

9

la Révolution et quels dons il peut prouver avoir faits à sa patrie?

R. — Qu'il a fait son service avec exactitude depuis le commencement de l'année 1789; qu'il n'a cessé de fréquenter la section et qu'il a donné autant que ses facultés lui ont permis.

D. — A quelle époque il a fait liquider sa charge d'avocat général?

R. — Qu'il s'empressa, sitôt la loi connue, à la faire liquider et présente une lettre de son chargé d'affaires à Paris, qui prouve avoir été liquidé au commencement de 1792 ou vers la fin de 91.

D. — S'il était à la section lorsqu'elle adhéra aux mesures liberticides de la prétendue Commission populaire?

R. — Qu'il n'y était pas.

D. — S'il a signé la pétition de l'ouverture des églises?

R. — Qu'il ne l'a point signée.

D. — Pourquoi il n'a pas cherché à détromper les citoyens qui composent la section sur les mesures qu'ils avaient prises en faveur de la Commission populaire?

R. — Que le parti était si dominant qu'il n'a jamais osé parler, étant naturellement très timide.

D. — S'il assistait au culte des prêtres constitutionnels?

R. — Qu'il y a assisté quelquefois.

D. — Si depuis la Révolution il a continué d'aller sur son bien de Rion et a continué d'y passer les *vacations* (sic) et s'il peut donner des preuves de son civisme des habitants de la commune?

R. — Que de tout temps il n'a jamais fréquenté ses biens de Rion, comme appartenant à sa famille et qu'il n'avait l'habitude que d'y rester huit à quinze jours.

Plus n'a été interrogé. Lecture à lui faite du présent, a dit contenir vérité et a signé avec nous.

CAILA. DORGUEIL.

II

Décret de Garnier de Saintes pour l'épuration des citoyens.

« Art. 11. — A mesure que chaque individu sera appelé, il montera à la tribune. Le Président du Jury lui fera les interpellations suivantes :

« Depuis quelle époque es-tu patriote ?

» Quels ont été tes principes sur la Révolution ?

» Comment t'es-tu conduit comme citoyen privé ?

» Comment comme fonctionnaire public ?

» Quelle a été ton opinion sur l'établissement de la République?

» Sur la mort du tyran ?

» Sur la révolution du 30 mai ?

» As-tu pris quelque part active dans la faction scélérate du fédéralisme ?

» As-tu été membre de la Commission populaire ?

» En as-tu publiquement appuyé le système par ton opinion ou tes écrits ?

» Ne t'es-tu pas fait remarquer par un langage et une conduite suivie de modérantisme ?

» Art. 13. — Les citoyens de l'assemblée auront, tous, le droit de proposer des reproches. L'individu à épurer fournira, seul, ses moyens de justification. »

Et comme conséquences : le certificat, la rejection ou l'ajournement.

III

Liste des fondateurs et premiers adhérents de la Société d'Histoire naturelle et d'Agriculture de Bordeaux,

Reprenant officiellement, le 23 frimaire an V (13 décembre 1796), les traditions de l'ancienne Académie des Sciences, Belles-Lettres et Arts de Bordeaux, fondée en 1712.

Associés ordinaires :

Charles Aquart, pour la botanique.

Belin de Balu, pour l'ichthyologie.

* Bory (de St-Vincent), pour la botanique et la zoologie.

Jean-Félix Capelle, pour la botanique et la minéralogie.

Cluzeau, pour l'entomologie.

Raymond Dargelas, pour l'entomologie.

* Darles, pour la minéralogie et l'analyse.

Dugay, pour la botanique.

Dupuy, pour la botanique et l'agriculture.

* Dutrouilh, pour l'entomologie et anatomie comparée.

Jonquet, pour l'entomologie.

François Lartigue, pour la minéralogie et l'analyse.

Perrein, pour l'ornithologie et la botanique.

Isaac Rodrigues, pour la conchyliologie.

Urbain Roger, pour l'entomologie.

Villers, pour l'entomologie et l'ichthyologie.

Et comme associés libres :

MM. Betbeder, * Cayla, Chalup, * Dufau, Duplantier, Latapie, Mauguet, Partarrieu-Lafosse, Roger.

Plus, un assez grand nombre de membres correspondants ([1]).

IV

Adresse à l'occasion de la demande de la restauration du titre d'Académie, par la Société des Sciences, Belles-Lettres et Arts de Bordeaux.

Projet du 22 pluviôse an XIII, lu dans la séance du 22 ventôse an XIII.

Monseigneur,

L'Académie des Sciences, Belles-Lettres et Arts de Bordeaux subit, en 1793, le sort de toutes les institutions de ce genre. Elle fut supprimée.

Quelques-uns de ses membres formèrent dès lors, dans le

([1]) La liste de la table de l'Académie, publiée en 1879, ne donne pas tous ces noms, elle ne mentionne que ceux marqués d'un astérisque dans l'énumération précédente.

silence, le projet de faire revivre cette Compagnie. Ils se
réunirent en 1796 sous le nom de *Société d'Histoire naturelle*,
et en 1798 sous celui de *Société des Sciences, Belles-Lettres
et Arts*. Cette nouvelle Société s'organisa, se fit des règlements,
pourvut aux frais de son établissement et a, depuis, subsisté
par ses propres moyens, sous la protection des autorités
constituées qui lui ont accordé la jouissance d'une des salles de
l'ancienne Académie où elle tient ses séances particulières et
publiques.

Soutenue par son propre zèle, elle a toujours espéré, Monseigneur, que son existence, jusqu'ici tolérée, en aurait, un
jour, une légale et authentique. Cet espoir est devenu pour
elle une certitude depuis que tous les efforts du gouvernement
actuel tendent à réparer les malheurs que la France a éprouvés
et à rappeler des institutions que le temps et leur utilité
avaient déjà consolidées.

C'est dans ces circonstances aussi heureuses, Monseigneur,
que cette Société a recours à Votre Excellence pour la prier de
solliciter de S. M. l'Empereur un titre qui assure enfin son
existence légale sous le nom d'*Académie des Sciences, Belles-
Lettres et Arts de Bordeaux*.

Étayé d'un titre aussi imposant, chacun des membres de
cette Société redoublera de zèle et travaillera à l'envi au progrès
des Sciences et des Arts.

Veuillez bien, Monseigneur, seconder de toute votre protection notre demande auprès de Sa Majesté Impériale et recevoir,
dès ce moment, le tribut de la reconnaissance et du respect
avec lesquels nous avons l'honneur d'être,

Monseigneur,

de Votre Excellence

les très humbles et très obéissants serviteurs.

*Les Membres composant la Société des Sciences,
Belles-Lettres et Arts de Bordeaux.*

VII

PORTRAIT DU BARON DE CAILA

Ce portrait, qui représente M. de Caila en costume d'avocat général de la Cour des Aydes de Bordeaux, robe rouge, porte la date 1787 et la signature *M. M. Pinxit.*

Nous n'avons pu découvrir le nom du peintre très habile qui signait ainsi.

Le tableau est conservé au château de Caila où il a été photographié avec talent par M. Amtmann, membre distingué de la Société Archéologique de Bordeaux.

La photogravure est de M. Dujardin, de Paris.

Héliog. Dujardin.

LE BARON DE CAILA

Archéologue girondin

1744-1831

TABLE DES MATIÈRES

Bordeaux. — Imp. G. GOUNOUILHOU, rue Guiraude, 11.

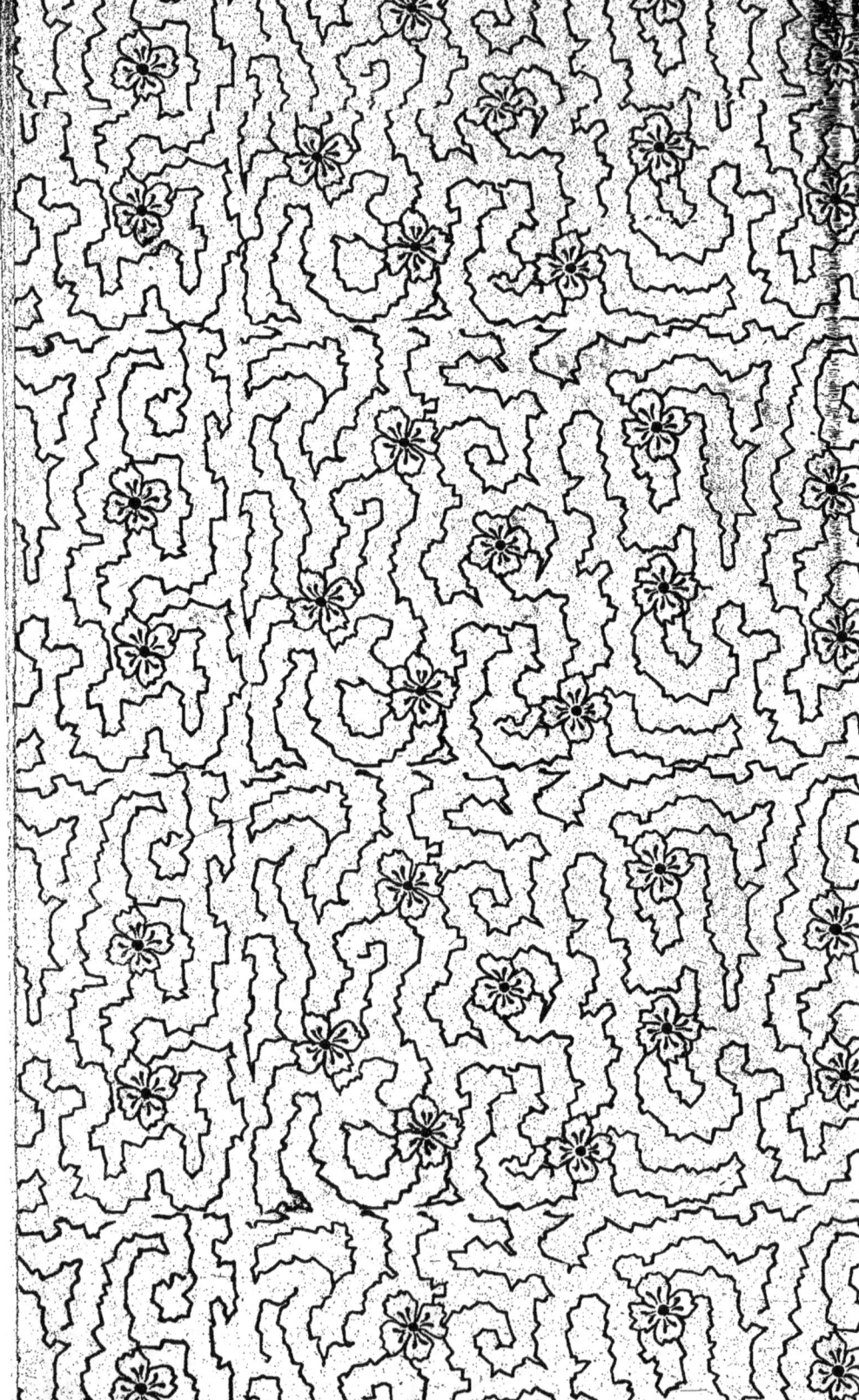

www.ingramcontent.com/pod-product-compliance
Lightning Source LLC
Chambersburg PA
CBHW051550280626
47162CB00021B/1667